Arthur Conan Doyle
Der Baumeister von Norwood

Arthur Conan Doyle

DER BAUMEISTER VON NORWOOD

Sechs Sherlock-Holmes-Geschichten

Anaconda

Der Baumeister von Norwood folgt der Ausgabe Conan Doyle: *Der Baumeister von Norwood und andere Geschichten.* Aus dem Englischen übersetzt von Rudolf Lautenbach und Adolf Gleiner. Berlin: Neufeld & Henius [1930]. *Der Daumen des Ingenieurs, Die »Gloria Scott« [Holmes' erstes Abenteuer], Der Marinevertrag, Die tanzenden Männchen* und *Der sterbende Detektiv [Der sterbende Sherlock Holmes]* sind dem Band Conan Doyle: *Der blaue Karfunkel* (Übersetzung anonym), München: Droemersche Verlagsanstalt 1949 entnommen. Der Text wurde behutsam modernisiert, Orthografie und Zeichensetzung folgen der neuen deutschen Rechtschreibung.

Die Deutsche Nationalbibliothek verzeichnet diese Publikation in der Deutschen Nationalbibliografie; detaillierte bibliografische Daten sind im Internet unter http://dnb.d-nb.de abrufbar.

© 2012 Anaconda Verlag GmbH, Köln
Alle Rechte vorbehalten.
Umschlagmotiv: Jonathan Barry, »Well Done Watson« (2009), Private Collection / bridgemanart.com
Umschlaggestaltung: agilmedien, Köln
Satz und Layout: paquémedia, Ebergötzen
Printed in Czech Republic 2012
ISBN 978-3-86647-797-1
www.anacondaverlag.de
info@anacondaverlag.de

INHALT

Der Daumen des Ingenieurs

Von all den schwierigen Kriminalfällen, die meinem Freund Sherlock Holmes zur Lösung übertragen wurden, erhielt er nur zwei durch meine Vermittlung. Einer davon betraf Hatherleys Daumen. Wenn sich auch das großartige Kombinationstalent meines Freundes, dem er so wunderbare Erfolge zu verdanken hatte, hierbei weniger entfalten konnte, so fing diese Aufgabe doch so toll an und verlief so dramatisch, dass sie mir wohl der Aufzeichnung wert erscheint. Jedenfalls hat sich der tiefe Eindruck, den ich damals erhielt, noch heute, nach zwei Jahren, kaum abgeschwächt.

Es war an einem Sommertag. Ein Bahnbeamter, den ich bei einem Unfall behandelt hatte, verkündete mein Lob in allen Tonarten und hätte mir am liebsten jeden Patienten geschickt, dessen er nur habhaft werden konnte.

Eines Morgens, kurz vor sieben, wurde mir gemeldet, dass eben jener Bahnbeamte mit einem anderen, offenbar verletzten Herrn gekommen sei, um mich zu sprechen. Ich eilte die Treppe hinunter, da ich vermutete, es könne sich wieder um einen Eisenbahnunfall handeln, bei dem rasche Hilfe notwendig sei. Mein alter Freund kam mir vor dem Zimmer schon entgegen.

»Ich hab ihn hergebracht«, flüsterte er, mit dem Daumen über die Schulter deutend, »den hätten wir sicher.«

»Was fehlt ihm denn?«, fragte ich, denn das sonderbare Benehmen des Bahnbeamten verriet mir, dass es eine ganz besondere Bewandtnis mit dem Verletzten haben musste, den er so sorglich in mein Zimmer gesperrt hatte.

»Es ist ein neuer Patient«, raunte er mir in seiner treuherzigen Art leise zu. »Ich hielt es für schlauer, ihn gleich selbst herzubringen, so konnte er mir nicht mehr entwischen. Nun kann er nicht mehr weg. Aber jetzt muss ich gehen, Doktor, die Pflicht ruft.« Und fort war er, ehe ich noch Zeit gefunden hatte, ihm für diese gutgemeinte Belebung meiner gar nicht beabsichtigten Praxis zu danken.

Im Empfangszimmer fand ich einen Herrn am Tisch sitzen, der einen schlichten, bräunlichen Anzug trug, seine einfache Tuchmütze hatte er auf die dort ausgelegten Bücher gelegt. Eine seiner Hände war in ein völlig mit Blut durchtränktes Taschentuch gewickelt. Er war vielleicht 25 Jahre alt; sein Gesicht war ernst und männlich, aber so bleich, dass es mir den Eindruck machte, als wenn er eben eine schwere Nervenerschütterung durchgemacht hätte, die er trotz aller Anstrengung noch nicht überwinden konnte.

»Verzeihen Sie die frühe Störung, Herr Doktor«, sagte er, »ich habe in dieser Nacht einen ernsten Unfall gehabt. Ich kam heute Morgen mit dem Zug hier an und erkundigte mich bei einem Bahnbeamten, wo ich einen Arzt finden könnte. Dieser Herr hatte die Güte, mich hierher zu begleiten. Ich übergab dem Mädchen meine Karte, doch wie ich sehe, liegt sie noch dort auf dem Tischchen.«

Ich nahm sie auf und las Victor Hatherley, Ingenieur, Victoria Street 16a III. Das war also Namen, Beruf und Wohnung meines Morgenbesuches. Dann setzte ich mich zu ihm. »Sie sind also die Nacht durchgefahren?«, fragte ich. »Das ist gewöhnlich recht ermüdend und langweilig.«

»Oh, in diesem Fall trifft das nicht zu«, sagte er, und dann lachte er so laut und gellend, dass er sich im Stuhl zurückwarf und sich die Seiten halten musste. Es lag etwas Krankhaftes in dieser übertriebenen Heiterkeit, das erkannte ich sofort. »Hören Sie auf«, rief ich, »nehmen Sie sich doch zusammen!« Er hatte einen regelrechten hysterischen Anfall, wie er zuweilen bei sehr starken Naturen vorkommt, die eine große Aufregung hinter sich haben.

Erst allmählich beruhigte er sich, und nun wurde er dunkelrot vor Verlegenheit.

»Ich habe mich schön lächerlich gemacht vor Ihnen«, keuchte er.

»Durchaus nicht. Bitte, nehmen Sie.« Ich gab ihm etwas Kognak mit Wasser zu trinken.

»Das tut wohl«, sagte er. »Und nun haben Sie vielleicht die Güte, Herr Doktor, und sehen sich einmal meinen Daumen an oder vielmehr die Stelle, wo er gesessen hat.« Er band das Tuch ab und hielt mir die Hand entgegen, deren Anblick selbst mich erschütterte. Neben den vier ausgestreckten Fingern war statt des

Daumens nur eine fürchterlich rote, schwammige Fläche. Er musste bis zur Wurzel abgehackt oder abgerissen worden sein.

»Das ist ja eine furchtbare Wunde, Sie müssen einen bedeutenden Blutverlust gehabt haben.«

»Oh ja«, antwortete er. »Ich wurde sofort ohnmächtig, nachdem es geschehen war, und muss wohl längere Zeit besinnungslos gelegen haben. Ich blutete noch, als ich wieder zu mir kam, und umschnürte deshalb mein Handgelenk mit dem Taschentuch, das ich mit einem Holzpflock möglichst fest drehte.«

»Das war sehr richtig. – Die Wunde wurde jedenfalls durch ein schweres und scharfes Instrument verursacht?«

»Durch eine Art Schlächterbeil.«

»Vermutlich ein unglücklicher Zufall?«

»Oh nein, ganz und gar nicht.«

»Also ist es mit Absicht geschehen?«

»Sehr richtig geraten.«

»Aber das ist ja fürchterlich!«

Ich wusch die Wunde aus und legte dann einen antiseptischen Verband an. Er zuckte nicht mit der Wimper und biss sich nur zuweilen auf die Lippen.

»Wie fühlen Sie sich jetzt?«, fragte ich nach beendeter Arbeit.

»Es ist mir jetzt wieder viel besser. Ich war wirklich dem Umsinken nahe, aber ich habe auch recht viel durchgemacht.«

»Vielleicht wäre es richtiger, Sie würden jetzt nicht davon sprechen. Es greift Sie sicher sehr an.«

»Jetzt durchaus nicht mehr. Ich muss die Sache so bald wie möglich der Polizei melden, aber wenn meine Wunde nicht einen sehr deutlichen Beweis lieferte, würde ich wahrscheinlich mit meiner Erzählung dort wenig Glauben finden, besonders da ich so gut wie keine sicheren Anhaltspunkte geben kann.«

»Oho!«, rief ich, »falls die Geschichte etwas rätselhafter Natur ist und einer Lösung bedarf, dann würde ich Ihnen eigentlich raten, zuerst mit meinem Freund Holmes zu sprechen, ehe Sie auf die Polizei gehen.«

»Von diesem Herrn habe ich schon gehört«, sagte mein Patient, »und ich würde ihm nur zu gerne meine Angelegenheit übergeben, obgleich die Polizei natürlich auch benachrichtigt werden muss. Würden Sie so freundlich sein und mir einige Empfehlungsworte mitgeben?«

»Mr. Holmes wohnt hier im Hause, ich kann Sie gleich zu ihm führen«, antwortete ich.

Wir gingen nach oben. Sherlock Holmes saß noch im Schlafanzug im Wohnzimmer und las die Polizeiberichte in der »Times«. Er rauchte seine Morgenpfeife, die er mit den sorgfältig gesammelten und auf dem Kaminsims getrockneten Stummeln und Endchen der Zigarren zu stopfen pflegte, die er tags zuvor geraucht hatte. Er empfing uns in seiner urgemütlichen Art und Weise und ließ frisch gerösteten Speck und Eier bringen, so dass wir uns bald recht behaglich fühlten. Als wir fertig waren, musste unser neuer Freund in einem bequemen Liegestuhl Platz nehmen, Holmes stützte seinen Kopf mit einem Kissen und stellte ihm ein Glas Wasser und Kognak in die Nähe.

»Es scheint mir, Mr. Hatherley, als wäre Ihre Angelegenheit nicht ganz gewöhnlicher Natur«, sagte er. »Bitte, machen Sie es sich vollständig bequem und betrachten Sie sich ganz wie zu Hause. Erzählen Sie uns alles so genau wie möglich, aber halten Sie bei der geringsten Ermüdung ein, und gebrauchen Sie ab und zu dies kleine Stärkungsmittel.«

»Besten Dank«, sagte mein Patient. »Nachdem Doktor Watson mir den Verband angelegt hat, fühle ich mich wieder ganz gut, und Ihr Frühstück hat die Kur vollendet. Ich will mich so kurz wie möglich fassen, um Ihre Zeit nicht übermäßig in Anspruch zu nehmen.«

Holmes saß in seinem Lehnstuhl; sein gleichgültiges Gesicht mit den halb geschlossenen Augen verriet nichts von seiner scharfsinnigen Forschernatur. Ich saß ihm gegenüber, und wir hörten beide stillschweigend dem seltsamen Bericht des Fremden zu.

»Zuerst muss ich Ihnen sagen«, begann er, »dass ich alleinstehender Junggeselle bin und in einer Mietwohnung in London lebe. Von Beruf bin ich Ingenieur und habe mir während der sieben Jahre, die ich bei der Ihnen sicher bekannten Firma Venner & Matheson in Greenwich beschäftigt war, gute Kenntnisse angeeignet.

Als vor zwei Jahren meine Ausbildung beendet war und ich durch meines Vaters Tod in den Besitz seines Vermögens kam, beschloss ich, mich selbständig zu machen und ließ mich in der Victoria Street nieder. Vermutlich wird jeder Mensch bei diesem ersten Schritt auf die Bahn der Unabhängigkeit ziemlich trübselige Erfahrungen machen; mir ging es jedenfalls nicht anders. In zwei Jahren wurde mein Rat im Ganzen dreimal begehrt, und nur einmal wurde mir ein sehr unbedeutender Auftrag erteilt, das war alles! Meine Gesamteinnahmen beliefen sich auf 27 Pfund 10 Schillinge. Von neun Uhr morgens bis vier Uhr nachmittags lag ich täglich auf der Lauer, bis ich wirklich mutlos wurde und sich der Gedanke in mir festsetzte, dass ich es in einem selbständigen Geschäft nie zu etwas bringen würde. Gestern jedoch, als ich eben im Begriff stand, das Büro zu verlassen, meldete man mir, es wäre ein Herr draußen, der mich zu sprechen wünschte. Ich sah mir seine Karte an, sie trug den Namen Oberst Lysander Stark. Ich ließ den Oberst hereinbitten. Er war etwas über Mittelgröße und von erschreckender Magerkeit, ich entsinne mich nicht, jemals einen so hageren Menschen gesehen zu haben. Sein Gesicht bestand eigentlich nur aus Nase und Kinn, und die Haut war straff über die Backenknochen gespannt. Und doch sah er eigentlich nicht krank aus, denn seine Augen blickten völlig klar, sein Schritt war sicher und sein ganzes Benehmen sehr selbstbewusst. Seine Kleidung war ziemlich einfach, aber sauber; er mochte ungefähr vierzig Jahre zählen.

›Mr. Hatherley?‹, fragte er mit deutschem Akzent. ›Sie sind mir als ein Mann empfohlen worden, der nicht nur in seinem Beruf sehr tüchtig ist, sondern auf dessen Verschwiegenheit man sich verlassen kann.‹

Ich verbeugte mich. ›Darf ich fragen, wem ich dieses günstige Zeugnis zu verdanken habe?‹

›Vielleicht ist es richtiger, ich teile es Ihnen nicht sofort mit. Aus derselben Quelle erfuhr ich auch, dass Sie ohne Angehörige und Junggeselle sind und allein in London wohnen.‹

›Das stimmt. Aber ich begreife nicht, was das mit meiner Tüchtigkeit als Fachmann zu tun hat, denn ich muss doch annehmen, dass Sie mich in einer geschäftlichen Angelegenheit zu sprechen wünschen.‹

›Ihre Vermutung ist ganz richtig, und Sie werden gleich sehen, wie sehr meine Fragen damit zusammenhängen. Ich habe allerdings einen Auftrag für Sie, doch er erfordert absolutes, unverbrüchliches Stillschweigen, und Sie werden wohl begreifen, dass solch ein Geheimnis bei einem alleinstehenden Mann besser aufgehoben ist als bei einem, der eine große Familie hat.‹

›Wenn ich es Ihnen verspreche, können Sie sich völlig auf meine Verschwiegenheit verlassen.‹

Ich erinnere mich nicht, je in meinem Leben einem so scharfen, argwöhnischen Blick begegnet zu sein, wie ihn mein Besucher jetzt auf mich warf.

›Ich habe also Ihr Wort?‹, fragte er.

›Sie haben es.‹

›Sie werden über die ganze Sache jetzt und für immer tiefstes Stillschweigen bewahren?‹

›Ich versprach das schon.‹

›Gut‹, sagte er, sprang dann plötzlich auf, war wie der Blitz an der Tür und riss sie auf. Der Vorraum war leer.

›Alles in Ordnung!‹, sagte er zurückkehrend, ›die Angestellten interessieren sich oft mehr als nötig für die Angelegenheiten Ihrer Chefs. Nun können wir in Ruhe weiter verhandeln.‹

Er rückte seinen Stuhl dicht an den meinen, und wieder ruhte sein Blick so forschend und lauernd auf mir wie vorhin. Ein abstoßendes Gefühl, ja fast Furcht, stieg in mir auf bei dem seltsamen Gebaren der klapperdürren Gestalt. Selbst auf die Gefahr hin, meinen Auftraggeber wieder zu verlieren, konnte ich meine Ungeduld nicht länger bezwingen.

›Dürfte ich Sie jetzt bitten, mein Herr, Ihre geschäftliche Angelegenheit zur Sprache zu bringen‹, sagte ich. ›Meine Zeit ist kostbar.‹ Der Himmel möge mir diese Lüge vergeben, aber die Worte traten mir unwillkürlich auf die Lippen.

›Würden Ihnen 50 Guineen für die Arbeit einer Nacht genügen?‹

›Selbstverständlich.‹

›Das heißt, ich sage die Arbeit einer Nacht, obgleich es wohl richtiger wäre, von einer Stunde zu sprechen. Wir möchten Sie nur bitten, Ihr Gutachten über eine hydraulische Presse abzugeben, die nicht mehr tadellos funktioniert. Wenn Sie uns zeigen wollen, wo der Fehler steckt, könnten wir die Sache leicht in Ordnung bringen. Wie denken Sie über diesen Auftrag?‹

›Im Vergleich zu der Vergütung erscheint er mir sehr unbedeutend.‹

›Das ist er auch. Nur wünschen wir, dass Sie erst abends mit dem letzten Zug kommen.‹

›Und wohin?‹

›Nach Eyford in Berkshire. Es ist ein kleiner Ort an der Grenze von Oxfordshire, ungefähr sieben Meilen von Reading. Sie treffen mit dem Zug von Paddington um 11.15 Uhr ein.‹

›Das würde ja sehr gut passen.‹

›Ich werde Sie mit dem Wagen abholen, denn unsere Besitzung liegt abseits in ländlicher Einsamkeit. Sie ist stark sieben Meilen von der Station Eyford entfernt.‹

›Aber dann können wir ja kaum vor Mitternacht dort eintreffen, und vermutlich ist mir damit jede Gelegenheit zur Rückfahrt abgeschnitten, so dass ich übernachten müsste?‹

›Darum machen Sie sich keine Sorgen. Ein Nachtlager finden Sie auch bei uns.‹

›Das wäre doch eigentlich sehr umständlich. Könnte ich nicht zu einer besser gelegenen Zeit kommen.‹

›Wir halten gerade diese Stunde für die geeignetste. Für die kleine Unbequemlichkeit, die damit verbunden ist, erhalten Sie als junger, unbekannter Mann ja ein Honorar, wie es Ihre gesuchtesten Kollegen kaum für ihre Gutachten fordern würden. Wenn Sie jedoch mein Anerbieten noch überlegen wollen, so haben Sie ja noch reichlich Zeit.‹

Ich dachte daran, wie gut ich augenblicklich die 50 Guineen brauchen könnte, und erwiderte deshalb: ›Durchaus nicht, ich werde mich sehr gern Ihren Wünschen anpassen; nur möchte ich Sie bitten, mir ein wenig genauer auseinanderzusetzen, um was es sich handelt.‹

›Natürlich. Es ist mir durchaus begreiflich, dass die Verpflichtung, über alles zu schweigen, Ihre Neugierde erregt. Ehe wir Ihnen daher ein bindendes Versprechen abfordern, sollen Sie vollständig klar sehen. Hoffentlich ist hier kein Lauscher zu befürchten?‹

›Das ist ausgeschlossen.‹

›Dann will ich Ihnen alles erklären: Sie wissen wahrscheinlich, dass Walkererde ein sehr kostbarer Artikel ist, den man in England nur an ein bis zwei Orten findet.‹

›Ich habe davon gehört.‹

›Vor einiger Zeit kaufte ich eine sehr kleine Besitzung ungefähr zehn Meilen von Reading. Ich hatte das Glück, auf einem Feld ein Lager von Walkererde zu entdecken. Bei näherer Untersuchung stellte es sich indessen heraus, dass der Fund nur sehr unbedeutend war, dass er eigentlich nur die Verbindung zwischen zwei größeren Lagern bildete, die sich rechts und links davon ausdehnten und meinen beiden nächsten Nachbarn gehörten. Die guten Leute hatten natürlich keine blasse Ahnung, dass ihre Grundstücke so viel wie eine Goldmine enthielten, und es lag daher in meinem Interesse, ihnen das Land abzukaufen, ehe sie seinen wahren Wert kennenlernten. Leider fehlten mir die Mittel zum Kauf. Einige Freunde, denen ich meine Entdeckung mitgeteilt hatte, rieten mir, mein eigenes Lager im Geheimen auszunutzen, um auf diese Weise die Mittel zur Erwerbung der Nachbarbesitzungen zu bekommen. Diesen Rat habe ich nun seit längerer Zeit befolgt und bei meinem Unternehmen eine hydraulische Presse benutzt. Wie gesagt funktioniert diese nun nicht mehr richtig, und ich möchte Sie daher um Ihr Gutachten in dieser Angelegenheit bitten. Jetzt werden Sie sich aber denken können, wie sehr ich auf die Wahrung meines Geheimnisses bedacht sein muss. Käme es jemand zu Ohren, dass ein Ingenieur mein kleines Grundstück besichtigt, so würde das selbstverständlich die Neugierde meiner Nachbarn erregen, und falls die Sache bekannt würde, könnte ich bestimmt jede Hoffnung aufgeben, die Felder zu erwerben und meine Pläne zur Ausführung zu bringen. Aus diesem Grunde habe ich Sie um die größte Diskretion gebeten. Hoffentlich habe ich mich deutlich genug ausgedrückt?‹

›Ich bin völlig orientiert‹, sagte ich. ›Nur das eine bleibt mir unverständlich, wie Sie die Walkererde vermittels einer hydraulischen Presse gewinnen wollen, man muss sie doch ausgraben wie den Kies aus einer Grube.‹

›Ach‹, erwiderte er leichthin, ›dabei haben wir unser eigenes Verfahren. Wir pressen Ziegel aus der Erde, um sie leichter und ohne Verdacht zu erregen, fortschaffen zu können. Doch das gehört nicht hierher. Sie sehen, Mr. Hatherley, ich habe Ihnen mein ganzes Vertrauen geschenkt und verlasse mich fest auf Sie.‹ Er erhob sich bei diesen Worten. ›Ich erwarte Sie also in Eyford um 11.15 Uhr.‹

›Ich werde pünktlich erscheinen.‹

›Und Sie sagen bestimmt zu keinem Menschen ein Wort.‹

Noch einmal traf mich ein letzter argwöhnischer, misstrauischer Blick, und fort war er.

Als ich mir dann später alles in Ruhe überlegte, war ich doch, wie Sie sich wohl denken können, etwas erstaunt über diesen Auftrag, der mir so ganz unerwartet anvertraut worden war. Einerseits stimmte mich das hohe Honorar natürlich sehr froh, denn es überstieg mindestens das Zehnfache dessen, was ich dafür gefordert hätte, auch konnte dieser Auftrag leicht andere nach sich ziehen. Andererseits erschienen mir Gesicht und Benehmen meines neuen Auftraggebers wenig vertrauenerweckend, ebenso wenig wie seine Erklärung die Notwendigkeit meines Kommens um Mitternacht rechtfertigte und seine Angst, ich könnte mein Schweigen brechen, glaubhaft erscheinen ließ. Aber ich verscheuchte all die Gedanken, machte mich nach einem kräftigen Abendessen auf den Weg und fuhr von Paddington ab, ohne einem Menschen von meinem Vorhaben erzählt zu haben.

In Reading hatte ich nicht nur den Zug, sondern auch den Bahnhof zu wechseln, doch ich erreichte gerade noch den Anschluss nach Eyford und langte kurz nach elf auf der kleinen, schlecht beleuchteten Station an. Ich war der einzige Reisende, der hier ausstieg, und außer einem schläfrigen Stationsbeamten mit einer Laterne war kein Mensch weiter zu erblicken. Ich hatte jedoch kaum den Bahnhof verlassen, so fand ich auch meinen Bekannten vom Morgen, er wartete auf der anderen Seite des Bahnhofs, die in tiefster Dunkelheit lag. Ohne ein Wort ergriff er meinen Arm und schob mich durch die offenstehende Tür eines Wagens. Dann zog er beide Fenster in die Höhe, ließ die Vorhänge herunter, und fort ging es, so schnell das Pferd laufen konnte.«

»Ein Pferd?«, unterbrach Holmes.

»Ja, nur eins.«

»Konnten Sie die Farbe erkennen?«

»Ja, das Licht der Wagenlaterne fiel darauf, als ich einstieg. Es war ein Brauner.«

»War das Tier ermüdet oder frisch?«

»Vollständig frisch.«

»Danke sehr. Entschuldigen Sie, dass ich Sie unterbrach, und fahren Sie bitte in Ihrer höchst interessanten Erzählung fort.«

»Es ging also los, und zwar fuhren wir mindestens eine Stunde. Oberst Stark hatte nur von sieben Meilen gesprochen, aber meiner

Ansicht nach waren es wohl zwölf.*) Während der ganzen Zeit saß er schweigend neben mir, doch ich war mir bewusst, und ein rascher Seitenblick überzeugte mich davon, dass er mich scharf beobachtete. Die dortigen Landwege schienen in ziemlich traurigem Zustand zu sein, wir wurden furchtbar hin und her geschüttelt. Zuweilen versuchte ich, aus dem Fenster zu sehen, doch sie bestanden aus Eisglas, und ich gewahrte nur gelegentlich den hellen Schein eines vorüberfliegenden Lichtes. Hin und wieder versuchte ich auch, durch eine Bemerkung die Einförmigkeit der Fahrt zu unterbrechen, aber der Oberst antwortete nur sehr einsilbig, und bald stockte die Unterhaltung wieder. Schließlich hörte das Stoßen des Wagens auf, wir rollten auf einem knirschenden Kiesweg dahin und hielten plötzlich. Oberst Lysander Stark sprang heraus und zog mich, als ich mich anschickte, ihm zu folgen, blitzschnell in einen offenstehenden Torweg. Der Wagen hielt so dicht vor dem Haus, dass es mir nicht gelang, auch nur einen flüchtigen Blick auf die Außenseite des Gebäudes zu werfen. Wir hatten kaum die Schwelle überschritten, so hörte ich schon die Tür schwer hinter uns ins Schloss fallen und konnte kaum noch das Geräusch der davonrollenden Räder vernehmen. Im Hause war es stockfinster, der Oberst tappte nach dem Lichtschalter und murrte halblaut vor sich hin. Plötzlich wurde am Ende des Ganges eine Tür geöffnet, und ein langer, goldener Lichtstrahl fiel auf uns. Bei dem hellen Schein gewahrte ich eine Frauengestalt unter der Tür, mit vorgebeugtem Gesicht starrte sie uns an. Ich konnte deshalb ihre schönen Züge erkennen und ebenso den kostbaren Stoff ihres dunklen Kleides. Sie richtete an meinen Gefährten einige Worte in fremder Sprache, die fast wie eine Frage klangen. Bei seiner rauen, kurzen Antwort schrak sie heftig zusammen. Der Oberst trat rasch auf sie zu, flüsterte ihr etwas ins Ohr und schob sie wieder ins Zimmer zurück, dann kehrte er zu mir zurück. ›Würden Sie so freundlich sein, hier einige Minuten zu warten‹, sagte er, eine andere Tür öffnend. Es war ein kleines, einfach ausgestattetes Gemach mit einem runden Tisch in der Mitte, auf dem mehrere deutsche Bücher verstreut lagen. Ein Harmonium stand neben der Tür. ›Ich werde Sie keine Minute warten lassen‹, sagte er und verschwand in der Dunkelheit.

*) 1 engl. Meile = 1,6 km

Ich betrachtete die Bücher auf dem Tisch und sah trotz meiner Unkenntnis des Deutschen, dass zwei von ihnen wissenschaftlichen und die anderen poetischen Inhalts waren. Dann schritt ich zum Fenster, um einen Blick hinauszuwerfen, aber die schweren eisernen Läden waren geschlossen und fest verriegelt. Es war ein wunderbar stilles Haus. Im Gang hörte man eine alte Uhr laut ticken, sonst herrschte Todesschweigen rings umher. Ein unbestimmtes, unbehagliches Gefühl ergriff mich. Wer waren diese Deutschen, und was taten sie an diesem seltsamen, weltverlorenen Ort? Und wo befand sich dieser Ort überhaupt? Ich war mindestens zwölf Meilen von Eyford entfernt, doch das war auch alles, was ich wusste, ob es nördlich, südlich, westlich oder östlich davon war, entzog sich meiner Vermutung. Die große Stille ringsumher aber machte es mir zur Gewissheit, dass wir uns auf dem Land befanden. Ich schritt auf und nieder, leise eine Melodie summend, um mich munter zu erhalten.

Plötzlich, ohne dass vorher ein Laut die unheimliche Stille unterbrochen hätte, öffnete sich langsam die Tür meines Zimmers. In der Öffnung stand die Frau, deren schönes, erregtes Gesicht hell von dem Licht meiner Lampe bestrahlt wurde, hinter ihr lag die Halle in tiefer Dunkelheit. Sie schien mir vor Angst halb ohnmächtig zu sein, und dieser Anblick ließ mein eigenes Herz erstarren. Warnend hielt sie einen Finger empor, um mir Schweigen anzudeuten, und flüsterte mir in gebrochenem Englisch einige Worte zu, wobei sie öfter mit scheuem Blick in die Dunkelheit hinter sich spähte.

›Ich würde gehen‹, sagte sie, sich gewaltsam zur Ruhe zwingend, ›ich würde gehen und nicht hierbleiben. Sie tun gut daran.‹

›Aber, gnädige Frau‹, erwiderte ich, ›meine Aufgabe ist noch nicht erfüllt. Ich kann mich doch unmöglich entfernen, ehe ich nicht die Maschine gesehen habe.‹

›Es lohnt sich nicht der Mühe, hier länger zu warten‹, fuhr sie fort. ›Sie können ruhig durch die Haustür gehen, niemand wird Sie hindern.‹ Und dann, als sie sah, dass ich nur lächelnd den Kopf schüttelte verließ ihre Selbstbeherrschung sie plötzlich, und sie trat die Hände ringend, auf mich zu. ›Um Gottes willen, fliehen Sie, fliehen Sie, bevor es zu spät ist.‹

Doch ich bin eine sehr hartnäckige Natur, und je mehr Schwierigkeiten sich mir in den Weg stellen, je größeren Reiz bekommt eine Sache für mich. Außerdem dachte ich auch an mein Honorar von 50 Guineen, an die anstrengende Reise und daran, dass ich in dieser Gegend doch ganz fremd war und nicht gewusst hätte, wo ich die Nacht verbringen sollte. Warum sollte ich mich davonstehlen, ohne meinen Auftrag ausgeführt zu haben und ohne die mir zustehende Bezahlung bekommen zu haben? Konnte die Frau nicht eine Wahnsinnige sein? Entschlossen schüttelte ich deshalb den Kopf, obgleich sie mich stärker erschüttert hatte, als ich zugeben wollte, und erklärte fest, dass ich auf jeden Fall bleiben würde. Sie wollte noch weiter in mich dringen, doch über uns wurde eine Tür zugeschlagen, und man hörte deutlich zwei Menschen die Treppe herabkommen. Sie blieb einen Augenblick lauschend stehen, rang nochmals verzweifelnd die Hände und verschwand dann plötzlich und geräuschlos, wie sie gekommen war.

Bald darauf traten Oberst Lysander Stark und ein kleiner, dicker Herr bei mir ein, dessen spärlicher Bart aus den Falten seines Doppelkinns herauswuchs und der mir als Mr. Ferguson vorgestellt wurde.

›Dies ist mein Sekretär und Geschäftsführer‹, sagte der Oberst. ›übrigens glaubte ich bestimmt, diese Tür vorhin fest geschlossen zu haben. Es tut mir leid, es hat Ihnen sicher sehr hereingezogen?‹

›Im Gegenteil‹, antwortete ich, ›ich selbst habe die Tür geöffnet, weil mir die Luft hier im Zimmer etwas dumpf vorkam.‹

Er warf mir einen unruhigen Seitenblick zu. ›Wir wollen nun gleich an das Geschäft gehen. Mr. Ferguson und ich werden Ihnen jetzt die Maschine zeigen.‹

Ich griff nach meinem Hut, um ihn aufzusetzen.

›Oh, das ist nicht nötig‹, wehrte der Oberst ab, ›sie befindet sich im Haus.‹

›Wie, Sie bohren im Haus nach Walkererde?‹

›Das nicht, wir pressen sie nur im Haus. Doch das gehört nicht zur Sache. Wir möchten Sie nur bitten, die Maschine zu untersuchen und uns auseinanderzusetzen, wo der Fehler steckt.‹

Wir gingen zusammen nach oben, zuerst der Oberst, dann der korpulente Geschäftsführer und zuletzt ich. Das alte Haus war ein wahres Labyrinth von Winkeln und Gängen, engen Wendeltreppen und kleinen, niedrigen Türen, deren Schwellen im Lauf der Zeit von ganzen Generationen tief ausgetreten waren. Nirgends eine Spur von Tapeten oder Möbeln, von den Wänden war die Bekleidung teilweise abgebröckelt, während sich die Feuchtigkeit in grünlich schillernden Stellen darauf niedergeschlagen hatte. Ich bemühte mich, so unbefangen wie möglich auszusehen, aber mir klangen noch immer die unbeachtet gelassenen Warnungen der Dame im Ohr, und ich behielt meine beiden Gefährten scharf im Auge.

Ferguson schien mir ein mürrischer, schweigsamer Mann, doch aus seinen wenigen Äußerungen entnahm ich, dass er mein Landsmann sei. Oberst Lysander Stark hielt jetzt vor einer niedrigen Tür, die er aufschloss. Sie führte in einen kleinen, rechtwinkligen Raum, in welchem wir drei kaum zu gleicher Zeit Platz hatten. Eine Lichtleitung schien nicht darin zu sein, denn der Oberst entzündete eine Petroleumlampe, die vor der Tür an einem Haken gehangen. Ferguson blieb draußen, und der Oberst forderte mich auf, einzutreten.

›Wir befinden uns jetzt in der hydraulischen Presse‹, sagte er, ›und es könnte für uns sehr unangenehm werden, wenn sie plötzlich jemand in Bewegung setzen wollte. Die Decke dieser kleinen Kammer wird nämlich von dem Ende des niedergehenden Kolbens gebildet, der mit ungeheurer Gewalt auf den metallenen Fußboden schlägt. Außen sind seitlich enge Wasserröhren angebracht, durch welche die Kraft aufgenommen und in der Ihnen bekannten Weise verstärkt und fortgepflanzt wird. Die Maschine funktioniert sonst tadellos, aber jetzt scheint ein Hemmnis den Gang zu erschweren und die Kraft zu vermindern. Vielleicht haben Sie die Güte, einmal nachzusehen, wie die Sache wieder in Ordnung gebracht werden könnte.‹

Ich nahm ihm die Lampe ab und untersuchte die Maschine sehr sorgfältig. Sie hatte geradezu riesige Dimensionen und musste einen enormen Druck erzeugen. Doch als ich draußen die Hebel niederdrückte, welche sie in Gang setzten, belehrte mich sofort der eigentümlich zischelnde Ton, dass sich irgendwo ein Leck gebildet haben musste, das ein Wiederausströmen des Wassers durch einen der Seitenzylinder verursachte. Eine genauere Prüfung bestätigte dies auch bald; einer der Kautschukreifen am oberen Ende der Triebstange war schadhaft geworden und konnte deshalb den Zylinder, in dem sie auf- und niederging, nicht mehr luftdicht abschließen. Dadurch ließ sich die Verminderung der Kraft leicht erklären; ich setzte dies meinen beiden aufmerksamen Zuhörern auseinander und belehrte sie zugleich eingehend über die Abstellung dieses Missstandes. Darauf kehrte ich noch einmal in den Hauptraum zurück, hauptsächlich um meine eigene Neugierde zu befriedigen. Dass die Erzählung von dem Pressen der Walkererde nur ein Märchen war, hatte ich auf den ersten Blick gesehen; es wäre ja unvernünftig gewesen, für einen so unbedeutenden Zweck solch eine Riesenmaschine zu verwenden. Die Wände bestanden aus Holz, doch den Boden bildete eine große, eiserne Platte, die völlig mit einer Kruste von metallischen Abfällen bedeckt war. Ich kniete nieder und versuchte, ein wenig davon abzukratzen, um mich genauer von dem Bestand zu überzeugen, als ich hinter mir einen Ausruf hörte und das gespensterhafte Antlitz des Obersten sich zu mir herabbeugen sah.

›Was machen Sie denn da?‹, fragte er.

Ich fühlte einen heftigen Groll in mir aufsteigen, dass man versucht hatte, mich so hinters Licht zu führen. ›Ich bewundere nur Ihre Walkererde‹, antwortete ich, ›wahrscheinlich wäre es mir leichter geworden, Ihnen einen Rat wegen Ihrer Maschine zu erteilen, wenn ich ihren wirklichen Zweck gekannt hätte.‹

Augenblicklich bereute ich, dass mir diese Worte entschlüpft waren. Sein Gesicht versteinerte sich förmlich, seine grauen Augen funkelten mich unheilverkündend an.

›Dann tue ich wohl besser daran, Sie in alles einzuweihen‹, sagte er. Er machte einen Schritt rückwärts, schlug die kleine Tür zu und drehte den Schlüssel um. Ich stürzte mich darauf und rüttelte an dem Griff, aber das Schloss rührte sich nicht und gab nicht im Geringsten meinen verzweifelten Anstrengungen nach. ›Hallo!‹, schrie ich gellend, ›hallo! Oberst Stark! Öffnen Sie sofort!‹

Plötzlich aber klang durch die Stille ein Ton, der mein Herz vor Schrecken stillstehen ließ. Es war das Geklirr der Hebel und das Zischen des schadhaften Zylinders. Großer Gott! Er hatte die Maschine in Gang gesetzt! Die Lampe stand noch auf dem Boden, den ich hatte untersuchen wollen. Bei ihrem Licht konnte ich deutlich erkennen, wie sich die schwarze Decke über mir senkte, langsam, ruckweise, aber keiner wusste besser als ich, mit wie furchtbarer Kraft; in der nächsten Minute musste ich zu einem formlosen Brei zerstampft sein. Ich warf mich stöhnend gegen die Tür und zerrte mit meinen Nägeln am Schloss. Ich beschwor den Obersten, mir zu öffnen, doch mein Flehen wurde durch das erbarmungslose Rasseln draußen übertönt. Jetzt befand sich die Decke nur noch ein bis zwei Fuß über meinem Kopf, mit ausgestreckter Hand konnte ich ihre harte, raue Oberfläche fühlen. Und wie ein Blitz durchzuckte mich der Gedanke, dass ich mir den Todeskampf vielleicht erleichtern könnte. Würde ich mich auf das Gesicht legen, so würde mir zuerst das Rückgrat zerbrochen werden. Bei dem Gedanken daran überliefen mich kalte Schauer. Legte ich mich aber auf den Rücken, würde ich dann die Kraft haben, diesen tödlichen, schwarzen Koloss auf mich herabkommen zu sehen? Schon war es mir unmöglich geworden, aufrecht zu stehen, da wurde mein Herz plötzlich von neuer Hoffnung erfüllt. Wie schon erwähnt, bestanden nur Decke und Boden aus Eisen, die Wände waren aus Holz. Als ich mich noch einmal verzweifelt nach Rettung umschaute, bemerkte ich zwischen zwei Brettern einen kleinen, gelben Lichtschimmer, der sich schnell verbreitete, indem eines der Bretter zurückgeschoben wurde. Ich vermochte es zuerst kaum zu fassen, dass ich durch diese kleine Öffnung wirklich dem Tod entrinnen könnte. Doch schon im nächsten Augenblick war ich hindurchgekrochen und lag nun halb ohnmächtig auf der anderen Seite. Die Öffnung hatte sich wieder hinter mir geschlossen, ich hörte nur noch das Klirren der zerbrechenden Lampe und kurz darauf das Aufschlagen der beiden Metallplatten, das mir deutlich bewies, mit wie knapper Not ich dem Tod entronnen war. Als ich wieder zum Bewusstsein erwachte, lag ich auf dem mit Fliesen ausgelegten Boden eines schmalen Ganges. Eine Frau beugte sich über mich und versuchte, mich durch heftiges Schütteln mit der linken Hand aus meiner Betäubung zu erwecken, mit der rechten hielt sie eine Taschenlampe. Es war jene Frau, deren Warnungen ich törichterweise unbeachtet gelassen hatte.

›Kommen Sie rasch, rasch!‹, rief sie atemlos. ›Sie werden sofort Ihr Verschwinden entdecken. Oh, so beeilen Sie sich doch, es ist keine Sekunde zu verlieren.‹

Diesmal war ihr Rat nicht vergebens. Ich richtete mich taumelnd empor und eilte mit ihr den Gang entlang und dann eine

Wendeltreppe hinunter. Die Treppe führte wiederum auf einen breiten Gang. Wir hatten ihn kaum erreicht, als wir schon den Ton von eiligen Schritten und den Klang von zwei Stimmen hörten; die eine sprach dicht in unserer Nähe, die andere antwortete aus der Entfernung. Die Frau stand einen Augenblick völlig fassungslos. Plötzlich stieß sie eine Tür auf; wir standen in einem Schlafzimmer, durch dessen Fenster heller Mondschein flutete.

›Es bleibt kein anderer Weg übrig. Es ist hoch, aber Sie müssen es versuchen.‹

Während sie noch sprach, tauchte am Ende des Ganges ein Licht auf, ich sah die dürre Gestalt des Oberst herbeistürzen, in der Hand hielt er ein großes Beil. Ich flog zum Fenster, öffnete es und schaute hinunter. Wie ruhig und friedlich lag der Garten im Mondlicht! Die Höhe konnte nicht mehr als dreißig Fuß betragen. Ich schwang mich auf das Fensterbrett, aber ich zögerte noch mit dem Sprung. Ich wollte wissen, was zwischen meiner Retterin und meinem Verfolger vorgehen würde. Wenn dieser Schuft sie misshandelte, war ich unter allen Umständen entschlossen, ihr beizustehen. Im selben Augenblick schon erschien er in der Tür und wollte an ihr vorüberstürzen, sie warf sich ihm jedoch entgegen und klammerte sich fest an ihn.

›Fritz, Fritz!‹, rief sie in englischer Sprache, ›vergiss nicht, was du mir beim letzten Mal geschworen hast. Es sollte nie, nie wieder geschehen. Er wird schweigen, glaub mir, er wird schweigen.‹

Er versuchte sich mit aller Kraft freizumachen. ›Bist du von Sinnen, Elise?‹, rief er. ›Willst du uns an den Galgen bringen? Lass mich los, sag ich dir.‹ Er stieß sie beiseite und stürzte mit erhobenem Beil zum Fenster. Ich hatte mich hinausgeschwungen und hielt mich nur noch mit den Händen an der Fensterbank, als der Schlag niedersauste. Ein heftiger Schmerz durchzuckte mich, ich verlor den Halt und fiel in den Garten hinab.

Ich war bis auf eine heftige Erschütterung unverletzt geblieben, und sobald ich mich einigermaßen erholt hatte, stand ich auf und versuchte, so schnell wie möglich hinter einem Gebüsch zu verschwinden; die Gefahr war ja noch nicht vorüber. Aber plötzlich überkam mich eine tödliche Schwäche und Mattigkeit. Meine Hand schmerzte mich furchtbar, und ich bemerkte erst jetzt, dass mein Daumen fehlte und das Blut aus der Wunde strömte. Ich versuchte, mir das Taschentuch umzubinden, dann fühlte ich nur noch ein heftiges Sausen in den Ohren und fiel ohnmächtig im Gebüsch nieder.

Wie lange ich dort gelegen habe, weiß ich nicht. Bis zu meinem Erwachen müssen wohl viele Stunden vergangen sein, denn der Mond war untergegangen, und der Morgen dämmerte herauf. Meine Kleider waren vom Tau durchnässt, und mein Rockärmel war völlig durchtränkt von Blut. Im Augenblick standen alle Einzelheiten der Nacht vor mir, und ich sprang sofort in die Höhe, weil ich das Gefühl hatte, auch jetzt noch im Bereich meiner Verfolger zu sein. Doch als ich mich umblickte, waren zu meinem Erstaunen weder Haus noch Garten zu entdecken. Ich hatte an der Hecke einer Landstraße gelegen, und gerade vor mir dehnte sich ein längliches Gebäude aus. Beim Näherkommen erkannte ich die Bahnstation, an der ich gestern angekommen war. Würde mich mein schmerzender Daumen nicht vom Gegenteil überzeugt haben, so hätte ich alle Vorgänge der letzten Nacht nur für einen Traum gehalten. Halb betäubt erkundigte ich mich nach dem Morgenzug und erfuhr, dass in einer knappen Stunde einer nach Reading abgehe. Ich fragte den diensttuenden Stationsbeamten, den ich schon am vorigen Abend gesehen hatte, ob er einen Oberst Stark kenne. Der Name war ihm gänzlich fremd, ebenso wenig hatte er gestern einen Wagen bemerkt.

Das nächste Polizeiamt war ungefähr drei Meilen entfernt. Das war für mich zu weit, denn ich fühlte mich krank und schwach. So wollte ich mit einer Anzeige warten, bis ich in die Stadt käme. Kurz nach sechs traf ich ein, und ein freundlicher Bahnbeamter führte mich sofort zu Ihnen, um meine Wunde verbinden zu lassen. Es wäre mir lieb, Mr. Holmes, wenn ich die ganze Angelegenheit in Ihre Hände legen könnte.«

Wir saßen noch eine ganze Weile in tiefem Schweigen, als die Erzählung beendet war. Dann holte Sherlock Holmes einen der riesigen Ordner vom Bücherbrett, in welchem er alle ihm bemerkenswerten Notizen und Zeitungsausschnitte sammelte.

»Diese Anzeige wird Sie wohl interessieren«, sagte er. »Vor ungefähr einem Jahr machte sie die Runde durch alle Zeitungen. Ich will sie Ihnen vorlesen: ›Verschwunden seit dem 9. d. M. der 26-jährige Ingenieur Jeremias Hayling. Er verließ am angegebenen Tag um zehn Uhr abends seine Wohnung, seitdem fehlt jede Spur von ihm. Er war bekleidet‹, usw. Damals ließ der Oberst vermutlich zum letzten Mal seine Maschine untersuchen.«

»Großer Gott!«, rief Hatherley aus, »jetzt begreife ich erst, was die Frau mit ihrer Äußerung sagen wollte!«

»Ja, es unterliegt gar keinem Zweifel, dass dieser Oberst ein sehr kaltblütiger, zu allem entschlossener Mensch war und genau so handelt wie Piraten, die auch auf dem geenterten Schiff keinen Überlebenden dulden. Doch jetzt ist keine Minute zu verlieren, und wenn es Ihr Zustand erlaubt, müssen wir sofort nach Scotland Yard und dann weiter nach Eyford.«

Ungefähr drei Stunden später saßen wir im Zug, der uns über Reading nach Eyford bringen sollte. Die Gesellschaft bestand aus Sherlock Holmes, dem Ingenieur, Polizeiinspektor Bradstreet nebst einem sehr einfach gekleideten Mann und mir. Inspektor Bradstreet hatte eine Vermessungskarte der Umgegend auf seinem Sitz ausgebreitet und bemühte sich, mit seinem Zirkel einen Kreis zu ziehen, dessen Mittelpunkt Eyford bildete.

»Hier liegt Eyford«, sagte er. »Diese Linie umgibt das Dorf in einem Umkreis von ungefähr zwölf Meilen. Der betreffende Ort muss also in der Nähe dieser Linie sein. Sie sprachen doch von zwölf Meilen, Mr. Hatherley?«

»Es war jedenfalls eine Fahrt von einer guten Stunde.«

»Und Sie vermuten, dass Sie während Ihrer Bewusstlosigkeit den ganzen Weg zurückgebracht worden sind?«

»Wahrscheinlich. Ich erinnere mich auch dunkel, aufgehoben und getragen worden zu sein.«

»Ich verstehe nur nicht, was die Leute zu dieser Schonung bewogen haben könnte, als sie Sie ohnmächtig im Garten fanden.«

»Vielleicht ließ sich der Schuft durch die Bitten der Frau besänftigen«, meinte ich.

»Das kommt mir unwahrscheinlich vor«, fiel der Ingenieur ein. »Ich habe niemals ein Gesicht gesehen, das so mit Hass erfüllt war wie das seine.«

»Nun, wir werden bald Klarheit hineinbringen«, sagte Bradstreet. »Ich habe also meinen Kreis gezogen und möchte jetzt nur wissen, in welcher Richtung wir das Gesindel zu suchen haben.«

»Ich glaube, ich kann meinen Finger darauf legen«, äußerte Holmes ruhig.

»Wirklich?«, rief der Inspektor. »Sie haben schon eine bestimmte Meinung gefasst? Na, wir wollen mal sehen, wer mit Ihnen übereinstimmt. Ich behaupte, es ist im Süden, da das Land dort wenig bevölkert ist.«

»Ich bin für Osten«, sagte mein Patient.

»Ich stimme für Norden«, sagte ich, »dort ist das Land flach, und Mr. Hatherley meinte, der Wagen wäre niemals bergan gefahren.«

»Und ich bin für Westen«, bemerkte der einfach aussehende Mann. »Da liegen mehrere einsame kleine Dörfer.«

»Hallo!«, rief der Inspektor lachend. »Unter uns herrscht ja eine nette Meinungsverschiedenheit. Wir haben den Kompass zwischen uns geteilt. Auf wessen Seite schlagen Sie sich, Mr. Holmes?«

»Sie irren sich alle.«

»Aber das ist doch unmöglich!«

»Oh doch. Dies ist mein Punkt.« Holmes legte den Finger in die Mitte des Kreises. »Hier werden wir sie finden.«

»Und die Fahrt von zwölf Meilen?«, warf Hatherley ein.

»Sechs hin und sechs zurück. Das ist sonnenklar. Sie sagten selbst, das Pferd wäre vollständig frisch gewesen, als Sie einstiegen. Wie wäre das möglich, wenn es eine anstrengende Fahrt von zwölf Meilen hinter sich gehabt hätte?«

»Hm, der Kunstgriff ist nicht unwahrscheinlich«, gab Bradstreet nachdenklich zu. »Jetzt müssen wir uns nur noch über den Zweck dieser Bande klar werden.«

»Darüber kann kaum ein Zweifel herrschen«, sagte Holmes. »Es sind Falschmünzer im großen Maßstab. Die Maschine brauchten sie, um die Metallmischung zu erzeugen, welche die Stelle des Silbers vertreten sollte.«

»Falschmünzer!«, rief Bradstreet aus. »Ja – ich erinnere mich: Wir bekamen schon vor längerer Zeit Wind von einer solchen Sache. Diese gefährliche Gesellschaft hat zu Tausenden halbe Kronen in Umlauf gesetzt, und es gelang uns nicht, sie weiter als bis Reading zu verfolgen. Dort hatten sie ihre Spur in einer Weise verwischt, die uns zeigte, dass wir es mit sehr geriebenen, alten Füchsen zu tun hatten. Na, jetzt werden sie uns wohl nicht mehr entwischen.«

Aber der Inspektor irrte sich. Die Verbrecher sollten der Gerechtigkeit nicht überliefert werden. Als wir in den Bahnhof einfuhren, sahen wir ganz in der Nähe eine ungeheure Rauchwolke hinter einer kleinen Baumgruppe aufsteigen, wie eine riesige Straußfeder hing sie über der Landschaft.

»Brennt hier ein Haus?«, fragte Bradstreet, nachdem wir den Zug verlassen hatten.

»Jawohl«, antwortete der Stationsvorsteher.

»Wann brach das Feuer aus?«

»Wahrscheinlich schon in der Nacht, doch hat es, scheint's, jetzt weiter um sich gegriffen, die ganze Gegend ist in Rauch gehüllt.«

»Wem gehört die Besitzung?«

»Doktor Becher.«

»Bitte sagen Sie mir«, fiel der Ingenieur ein, »ist dieser Doktor Becher ein Deutscher, sehr hager, mit langer, scharfer Nase?«

Der Stationsvorsteher lachte herzlich. »Nein, mein Herr, Doktor Becher ist ein Engländer, und Sie werden wahrscheinlich im ganzen Kirchspiel nicht leicht einen wohlbeleibteren Menschen finden. Doch lebt ein Herr bei ihm, ich glaube einer seiner Patienten, der erinnert eher an die sieben mageren Jahre.«

Er hatte kaum ausgesprochen, so liefen wir auch schon eilig der Richtung des Feuers zu. Wir hatten einen sanft ansteigenden Hügel überschritten und sahen jetzt ein großes, weißes Gebäude vor uns liegen. Es war in ein Flammenmeer eingehüllt, aus jeder Ritze und jeder Fensteröffnung brach die rote Lohe.

Vergeblich bemühte sich die Feuerwehr, mit drei Spritzen des entfesselten Elements Herr zu werden.

»Hier ist es!«, rief Hatherley in fieberhafter Erregung. »Dort ist der Kiesweg, und dort unter dem Gebüsch hab ich gelegen. Aus dem zweiten Fenster sprang ich heraus.«

»Nun«, meinte Holmes, »wenigstens sind Sie an ihnen gerächt. Die hölzernen Wände im Maschinenraum sind sicher durch das Zerbrechen Ihrer Lampe in Brand geraten, und in der Aufregung hat man das wohl nicht sofort bemerkt. Bitte, achten Sie jetzt scharf darauf, ob Sie unter der Zuschauermenge die Frau oder einen der beiden Männer entdecken können. Es ist freilich eher anzunehmen, dass zwischen ihnen und uns schon ein paar hundert Meilen liegen.« Holmes Befürchtung war nur zu sehr begründet. Die drei waren und blieben verschwunden bis heute.

Ein Bauer erzählte, er habe an jenem Morgen in aller Frühe einen Wagen gesehen, mit mehreren Personen und großen Kisten beladen, der eilig in der Richtung nach Reading gefahren wäre. Das blieb auch die einzige Spur von den Flüchtlingen; selbst Holmes gelang es nicht, das Rätsel weiter zu lösen.

Die Feuerwehrleute waren nicht wenig über die seltsamen Einrichtungen im Innern des Hauses erstaunt, und ihre Verwunderung erreichte den Höhepunkt, als sie auf einer Fensterbank einen abgehackten Daumen fanden. Gegen Abend war endlich das Feuer gelöscht. Das Dach war jedoch schon eingestürzt und das ganze Gebäude so vollständig zerstört, dass nur einige verbogene Zylinder und eiserne Röhren an die Maschine erinnerten, die so viel Unheil verursacht hatte. In einem kleinen, zu dem Anwesen gehörenden Haus entdeckte man große Mengen Nickel und Zinn, dagegen wurde nicht ein einziger Prägestock gefunden; das machte uns die Mitnahme der schon erwähnten großen Kisten erklärlich.

Auf welche Weise unser Ingenieur aus dem Garten fortgeschafft worden war, wäre wohl für ewig ein Geheimnis geblieben, wenn uns nicht die weiche Gartenerde eine sehr einfache Geschichte erzählt hätte. Zwei Personen mussten ihn getragen haben, die eine mit besonders kleinen Füßen, während die andere Fußspur auffallend groß war. Wahrscheinlich hatte der Engländer, weniger rücksichtslos und grausam als sein Gefährte, der Frau geholfen, den bewusstlosen Mann aus der Gefahr zu bringen.

»Ja«, sagte unser Ingenieur kläglich, als wir wieder im Zug saßen, »das war wirklich ein einträgliches Geschäft. Meinen Daumen hab ich verloren, die Aussicht auf meine Fünfzigpfundnote ist ebenfalls fort, und was hab ich dafür eingetauscht?«

»Erfahrung«, sprach Holmes lachend, »und die kann Ihnen indirekt wieder von Nutzen sein. Sie brauchen die Geschichte nur mit fließenden Worten vorzutragen, um bis zum Ende Ihrer Tage den Ruf eines großartigen Gesellschafters zu genießen.«

Die »Gloria Scott«

»Hier, Watson, habe ich Papiere«, sagte mein Freund Sherlock Holmes, als wir uns an einem Winterabend vorm Kaminfeuer gegenübersaßen, »deren Durchsicht sich sicher für dich lohnen wird. Es sind Akten aus dem ungewöhnlichen Fall der ›Gloria Scott‹, und hier ist das Schriftstück, das dem Friedensrichter ein tödliches Entsetzen einjagte.«

Damit zog er aus einer Schublade eine kleine vergilbte Rolle, löste die Umschnürung und hielt mir ein halbes Blatt schiefergrauen Papiers hin, auf das ein paar Zeilen gekritzelt waren.

»Die Zeit der Jagd auf Hasen geht bald los«, lauteten die Worte. »An Wechseln, Förster Hudson sagte mir's, hat gestern schon alles voll Wild gestanden. Er meinte, fort sei Reineke von Haus, und hier und da eile ein Iltis.«

Als ich diese rätselhaften Worte gelesen hatte und wieder aufschaute, sah ich, wie Holmes ein Lächeln über den Ausdruck meines Gesichts unterdrückte.

»Du machst ein recht erstauntes Gesicht«, sagte er.

»Ich kann nicht einsehen, wie eine solche Botschaft Entsetzen einzuflößen vermochte. Sie kommt mir eher lächerlich als sonst etwas vor.«

»Allem Anschein nach. Dennoch steht die Tatsache fest, dass der Leser, ein schöner, kräftiger Mann in höherem Lebensalter, geradezu davon zu Boden geschmettert wurde wie von einem Keulenschlag.«

»Du machst mich neugierig«, erwiderte ich. »Warum sagtest du aber eben, es lägen ganz besondere Gründe vor, weshalb ich mich in diesen Fall vertiefen solle?«

»Weil es der allererste war, mit dem ich zu tun hatte.«

Schon oft hatte ich aus meinem Freund eine Mitteilung darüber herauszuholen versucht, was ihn zuerst auf die Detektivlaufbahn geführt hätte; aber er hatte niemals Neigung zu einer Erklärung gezeigt. Jetzt rückte er sich auf seinem Lehnstuhl etwas nach vorn und rollte die Papiere auf seinen Knien auseinander.

Dann zündete er seine Pfeife an und saß eine Weile schweigend da, während seine Augen die Papiere überflogen.

»Du hast mich niemals von Victor Trevor reden hören?«, fragte er mich endlich. »Er war während meiner zweijährigen Studienzeit mein einziger Freund. Sehr gesellig bin ich nie gewesen, Watson; ich ging lieber grübelnd in meinen vier Wänden meinen eigenen kleinen Ideen nach, so dass ich wenig mit Altersgenossen verkehrte. Von Fechten und Boxen abgesehen, fand ich an ihren athletischen Künsten keinen Geschmack, auch die Art meines Studiums war anders als die ihre; so hatten wir gar keine Berührungspunkte miteinander. Trevor war der einzige, den ich näher kennenlernte und das auch nur ganz zufällig dadurch, dass sein Bullterrier eines schönen Morgens sich in meine Knöchel verbissen hatte.

Es war ein prosaisches Freundschaftsband, aber es hielt fest. Zehn Tage musste ich meinen Knöcheln zuliebe liegen bleiben, und Trevor kam jeden Tag und erkundigte sich nach meinem Ergehen. Zuerst dauerte unsere Unterhaltung nur eine Minute, dann blieb er immer länger, und ehe ich wieder auf war, hatten wir Freundschaft geschlossen. Er war ein gemütvoller, kerniger Mensch von Geist und Tatkraft und in vielen Beziehungen ganz das Gegenteil von mir; aber wir hatten erkannt, dass uns manches gemeinsam war, und der Umstand, dass er so wenig Freunde hatte wie ich, knüpfte uns fest zusammen. Schließlich lud er mich zu einem Besuch in Donnithorpe in Norfolk ein, wo sein Vater wohnte, und ich wollte einen Monat lang während der langen Sommerferien seine Gastfreundschaft genießen.

Der alte Trevor war offenbar ein ziemlich wohlhabender und angesehener Mann, Friedensrichter und Grundbesitzer in Donnithorpe, einem kleinen Ort nördlich von Langmere. Das Wohnhaus war ein altertümliches, ausgedehntes Steingebäude mit eichenen Querbalken, Pfosten und Türen, zu dem eine schöne Lindenallee führte. In den nahen Moorheiden fehlte es nicht an allerlei Vogelwild; dazu kam ein guter Fischbestand, eine kleine, aber erlesene Bücherei, die, wie ich hörte, von einem früheren Besitzer übernommen war und eine passable Küche, so dass man es wohl einen Monat lang aushalten konnte.

Trevor senior war Witwer und mein Freund sein einziger Sohn. Wie man mir sagte, hatte er auch eine Tochter gehabt, aber sie war, während sie in Birmingham zu Besuch weilte, an Diphtherie gestorben. Für den Vater interessierte ich mich in hohem Grad. Wenig gebildet, besaß er offenbar ein gut Teil urwüchsiger Kraft in physischer wie geistiger Beziehung. Beschwerte ihn aber auch Buchweisheit nicht, so war er dafür weit gereist, hatte viel von der Welt gesehen und alles, was er erfahren, fest im Gedächtnis behalten. Körperlich war er ein untersetzter, wohlbeleibter Mann mit buschigem, ergrautem Haar, sonnenverbranntem Gesicht und blauen Augen mit durchdringendem, fast wildem Ausdruck. Dennoch galt er bei den Bauern jener Gegend als freundlich und barmherzig und war wegen der Milde seiner richterlichen Urteile bekannt.

Eines Abends, wenige Tage nach meiner Ankunft, saßen wir nach Tisch bei einem Glas Portwein, als der junge Trevor anfing von meinen scharfen Beobachtungen und Schlussfolgerungen zu erzählen, die ich damals schon in ein System gebracht hatte, wenn ich auch noch nicht ahnte, welche Rolle sie in meinem Leben spielen sollten. Offenbar dachte der Alte, sein Sohn übertreibe, als dieser ein paar unbedeutende Kunststückchen von mir zum Besten gab und sagte mit gutmütigem Lachen:

›Mr. Holmes, ich bin ein ausgezeichnetes Objekt, nun zeigen Sie mal, ob Sie etwas von mir ausklügeln können!‹

›Ich fürchte, dass das etwas schwer hält‹, antwortete ich. ›Ich denke mir, Sie haben während der letzten zwölf Monate gefürchtet, es könnte ein Angriff auf Ihre Person unternommen werden.‹

Das Lachen erstarb auf seinen Lippen, und ganz überrascht starrte er mich an.

›Ja, das ist freilich wahr‹, sagte er. ›Du weißt, Victor, als wir das Wilddiebsnest ausnahmen, schworen sie uns den Tod, und auf Sir Edward Hoby ist tatsächlich ein Mordversuch gemacht worden. Seitdem bin ich immer auf der Hut gewesen, habe aber keine Ahnung, wie Sie das wissen können.‹

›Sie haben einen sehr schönen Stock‹, antwortete ich. ›Aus der Aufschrift habe ich ersehen, dass Sie ihn erst ein Jahr besitzen. Sie haben aber seinen Knopf mit vieler Mühe ausgebohrt und mit geschmolzenem Blei ausgegossen, so dass er nun eine furchtbare Waffe ist. Ich schloss, dass Sie solche Vorsichtsmaßregeln nicht treffen würden, wenn Sie nicht eine Gefahr voraussähen.‹

›Sonst noch was?‹, fragte er lächelnd.

›Sie sind in Ihrer Jugend ein großer Boxer gewesen.‹

›Wieder richtig. Woher wussten Sie das? Hat etwa meine Nase durch einen Stoß ihre gerade Richtung verloren?‹

›Nein, die Ohren sind es. Sie zeigen die dem richtigen Boxer eigene Abflachung und Verdickung.‹

›Sonst noch was?‹

›Sie haben viel gegraben – wegen Ihrer Schwielen.‹

›Habe mein ganzes Geld in den Goldgruben verdient.‹

›Sie sind in Neuseeland gewesen.‹

›Wieder richtig.‹

›Sie haben Japan besucht.‹

›Ganz recht.‹

›Und Sie standen in intimsten Beziehungen zu einem, dessen Anfangsbuchstaben J. A. waren und den Sie später ganz aus Ihrem Gedächtnis zu tilgen suchten.‹

Bei diesen Worten richtete sich Mr. Trevor langsam auf, heftete seine großen blauen Augen mit einem eigentümlichen, wilden und starren Ausdruck auf mich und sank dann bewusstlos nieder, mit dem Gesicht zwischen die auf dem Tischtuch liegenden Nussschalen.

Du kannst dir denken, Watson, wie erschrocken wir beide, sein Sohn und ich, waren. Doch ging der Anfall bald vorüber, denn als wir seinen Kragen aufknöpften und ihm Wasser übers Gesicht spritzten, seufzte er ein- oder zweimal tief auf und richtete sich in die Höhe.

›Ach‹, sagte er mit erzwungenem Lächeln, ›hoffentlich hab ich euch beide nicht erschreckt. So stark ich aussehe, das Herz ist ein wunder Punkt bei mir, und es gehört nicht viel dazu, mich umzuwerfen. Ich weiß nicht, wie Sie das fertig bringen, Mr. Holmes, aber mir scheint's, alle Detektive im Leben wie in Erzählungen sind Waisenknaben gegen Sie. Das ist Ihr eigentlicher Beruf, glauben Sie einem Mann, der etwas von der Welt gesehen hat!‹

Und dieser Hinweis zusammen mit der übertriebenen Wertschätzung meiner Geschicklichkeit, brachte mich, du kannst mir's glauben, Watson, zuallererst auf den Gedanken, es könnte vielleicht mein Lebenslauf werden, was bis dahin eitel Spielerei gewesen war. In jenem Augenblick war ich freilich noch zu sehr über das plötzliche Unwohlsein meines Wirtes betroffen, um irgendwelchen anderen Gedanken Raum zu geben.

›Ich hoffe, meine Worte haben Ihnen keinen Schmerz bereitet‹, sagte ich.

›Nun, jedenfalls haben Sie einen etwas empfindlichen Punkt berührt. Wollen Sie mir sagen, wie Sie zu der Kenntnis gekommen sind und wie weit Ihre Kenntnis reicht?‹ Er sprach jetzt in halb scherzhaftem Ton, aber ich sah im Hintergrund seiner Augen noch immer die Spur des Schreckens.

›Es ist das Einfachste von der Welt‹, sagte ich. ›Als Sie damals Ihren Arm entblößten, um den Fisch ins Boot zu holen, sah ich an Ihrem inneren Ellenbogen »I. A.« eintätowiert. Die Buchstaben waren noch lesbar, aber ihr verschwommenes Aussehen und der fleckige Zustand der Haut ringsum ließen klar erkennen, dass man versucht hatte, sie auszutilgen. Daraus ergab sich ohne Weiteres der Schluss, dass Ihnen die Buchstaben einmal sehr teuer gewesen waren und dass Sie sie dann zu vergessen wünschten.‹

›Was für ein Auge Sie haben‹, rief er mit einem Seufzer der Erleichterung. ›Sie haben genau das Richtige getroffen. Aber wir wollen das ruhen lassen! Von allen Erinnerungen ist die an eine tote Liebe am übelsten. Kommt ins Billardzimmer und lasst uns da gemütlich eine Zigarre rauchen!‹

Von dem Tag an lag in Mr. Trevors Benehmen gegen mich bei aller Herzlichkeit stets ein gewisser Argwohn. Sogar seinem Sohn konnte das nicht entgehen.

›Du hast meinem Vater mitgespielt‹, sagte er, ›dass er immer im Zweifel sein wird, was du weißt und was du nicht weißt.‹ Ich glaube sicher, er wollte es nicht zeigen, aber dieses Gefühl war so mächtig in ihm, dass es in allem, was er tat, hervortrat. Schließlich war ich so sehr überzeugt, dass ihm in meiner Nähe unbehaglich zumute sei, dass ich beschloss, ihm durch längeres Verweilen in seinem Haus nicht mehr lästig zu fallen. Aber gerade am Tag vor meiner Abreise sollte noch ein Ereignis eintreten, das sich später als folgenschwer erwies.

Wir saßen eben alle drei auf Gartenstühlen auf der Wiese, sonnten uns behaglich und ließen unsere Augen weithin über das Moor schweifen, als das Mädchen kam und sagte, es wäre ein Mann an der Tür und wollte Mr. Trevor sprechen.

›Wie ist sein Name?‹, fragte mein Wirt.

›Er wollte ihn nicht nennen.‹

›Was will er denn?‹

›Er sagt, Sie kennten ihn, und er wolle Sie nur einen Augenblick sprechen.‹

›So lassen Sie ihn hierher kommen!‹

Einen Augenblick später erschien eine kleine, ausgemergelte Gestalt mit kriechender Haltung und schleppendem Gang. Der Mensch trug eine offene Jacke mit teerbefleckten Ärmeln, ein rot- und schwarzgewürfeltes Hemd, Drillichhosen und schwere, ganz abgetragene Stiefel. Sein braunes, eingefallenes Gesicht zeugte von Verschmitztheit, ein beständiges Lächeln ließ eine unregelmäßige Reihe gelber Zähne sehen, und seine runzeligen Hände waren halb geschlossen, wie es Matrosen eigen ist. Als er über den Rasen auf uns zuschlenkerte, hörte ich ein sonderbares, schluckendes Geräusch in Mr. Trevors Kehle und sah ihn plötzlich aufspringen und ins Haus eilen. Im Augenblick war er wieder zurück, und als er an mir vorüber schritt, ging ein starker Branntweingeruch von ihm aus.

›Nun mein Bester‹, sagte er, ›was kann ich für Sie tun?‹

Der Matrose stand da und sah ihn mit halb zugekniffenen Augen und zähnefletschendem Lächeln an.

›Sie kennen mich nicht?‹, fragte er.

›Gott strafe mich! Das ist doch Hudson!‹, sagte Mr. Trevor im Ton der Überraschung.

›Es ist Hudson, ja!‹, bestätigte der Seemann. ›Dreißig Jahre und länger ist's her, seit ich Sie nicht gesehen habe. Sie haben hier Ihr Haus, und ich muss mir noch mein Salzfleisch aus dem Tranfass fischen.‹

›Still! Sie werden sehen, ich hab die alten Zeiten nicht vergessen!‹, rief Mr. Trevor, trat an den Matrosen heran und sprach leise ein paar Worte zu ihm. ›Gehen Sie in die Küche!‹, fuhr er laut fort. ›Da wird man Ihnen zu essen und zu trinken geben. Und eine Stelle werde ich schon für Sie finden.‹

›Danke‹, sagte der Seemann und fuhr sich mit der Hand an die Stirn. ›Komm gerade von einer zweijährigen Achtknotenlustfahrt, dazu ziemlich knapp dran, und mal ausruhen tut mir auch gut. Da dacht' ich, versuchst es mal bei Mr. Beddoes oder bei Ihnen.‹

›Was? Sie wissen, wo Mr. Beddoes ist?‹

›Himmel auch, ich weiß, wo alle meine alten Freunde sind‹, erwiderte die Teerjacke mit tückischem Lächeln und schlenkerte hinter dem Mädchen her in der Küche.

Mr. Trevor murmelte einige unverständliche Worte über Kameradschaft zur See und Goldgraben, ließ uns dann auf der Wiese allein und ging ins Haus. Als wir ihm eine Stunde später folgten, fanden wir ihn völlig betrunken auf dem Sofa im Speisezimmer liegen. Der ganze Vorfall hatte einen äußerst widerwärtigen Eindruck auf mich gemacht, und ich war am nächsten Tag recht froh, Donnithorpe hinter mir zu lassen; denn ich fühlte, dass meine Gegenwart für meinen Freund eine Quelle der Pein sein musste.

Dies alles trug sich während des ersten Monats der langen Sommerferien zu. Ich ging dann nach London und arbeitete dort sieben Wochen lang angestrengt an einigen Experimenten der organischen Chemie. Eines Tages aber, als der Herbst schon ziemlich vorgerückt war und die Ferien zur Neige gingen, erhielt ich eine Depesche von meinem Freunde, in der er mich dringend bat, nach Donnithorpe zurückzukommen, da er meines Rates und Beistandes bedürfe. Natürlich ließ ich alles liegen und dampfte wieder dem Norden zu.

Er erwartete mich mit dem Einspänner am Bahnhof, und ein Blick sagte mir, dass die letzten beiden Monate eine schwere Zeit für ihn gewesen waren. Er sah eingefallen und verkümmert aus und hatte nicht mehr das ihm früher eigene muntere und lustige Wesen.

›Mein Vater liegt im Sterben‹, waren die ersten Worte, die er sprach.

›Unmöglich!‹, rief ich. ›Was ist's?‹

›Schlag! Nervenschlag! Den ganzen Tag schon ringt er mit dem Tod. Wer weiß, ob wir ihn noch lebend antreffen.‹

Wie du dir denken kannst, Watson, erschütterte mich die unerwartete Nachricht.

›Was war die Ursache?‹, fragte ich.

Ja, das ist's eben. Spring in den Wagen, und wir können darüber während des Fahrens sprechen! Erinnerst du dich des Menschen, der am Abend vor deiner Abreise auftauchte?‹

›Vollkommen.‹

›Weißt du, wen wir damals in unser Haus aufnahmen?‹

›Keine Ahnung.‹

›Es war der Teufel, Holmes!‹, rief er.

Erstaunt starrte ich ihn an.

›Ja, es war der Teufel selbst. Wir haben seitdem keine ruhige Stunde gehabt – nicht eine einzige. Mein Vater wagte von jenem Abend an nicht mehr, sein Haupt zu erheben, und jetzt ist das Leben in ihm vernichtet und sein Herz gebrochen – alles durch diesen höllischen Hudson.‹

›Was gab ihm denn so viel Macht über ihn?‹

Ja, ich gäbe viel darum, wenn ich das wüsste. Der freundliche, mildherzige, gute alte Herr! Wie konnte er in die Klauen dieses Schuftes geraten sein! Aber ich bin so froh, dass du gekommen bist, Holmes! Ich habe solches Zutrauen zu deinem Urteil und deiner Verschwiegenheit und weiß, du wirst mir den besten Rat geben.‹

Wir jagten auf der glatten, weißen Landstraße dahin, während die weiten Moorstrecken vor uns im roten Licht der untergehenden Sonne erglühten, über den Baumgipfeln zu unserer Linken konnte ich schon die hohen Schornsteine und den Fahnenmast auf dem Trevorschen Herrenhaus bemerken.

›Mein Vater machte den Burschen zum Gärtner‹, sagte mein Begleiter, ›und dann, als er damit nicht zufrieden war, sogar zum Kellermeister. Das ganze Hauswesen schien ihm ausgeliefert zu sein, und er ging herum und tat, was ihm in den Sinn kam. Die Dienstmädchen beklagten sich über seine unsauberen Gewohnheiten, seine Trunkenheit und über seine gemeine Sprache. Papa suchte sie durch Lohnerhöhung für die Unbill zu entschädigen. Der Bursche nahm ohne Weiteres meines Vaters Boot und seine beste Büchse und lud sich selbst zu kleinen Jagdpartien ein. Das tat er alles mit solchem höhnischen, tückischen, frechen Gesichtsausdruck, dass ich ihn zwanzigmal niedergeschlagen hätte, wäre er nicht ein alter Mann gewesen. Ich sage dir, Holmes, ich musste während dieser ganzen Zeit mit Gewalt an mich halten, und jetzt frage ich mich, ob es nicht besser gewesen wäre, ich hätte mich etwas mehr gehen lassen.

Nun, es wurde noch immer schlimmer, und dieses Vieh, der Hudson, nahm sich immer mehr heraus, bis endlich der über's Maß gefüllte Eimer überlief und ich Hudson, als er einmal meinem Vater in meiner Gegenwart eine unverschämte Antwort gab, an der Schulter packte und aus dem Zimmer schob. Gelb vor

Wut und mit giftsprühenden Augen, die drohender wirkten, als es Worte vermocht hätten, schlich er sich fort. Was zwischen dem armen Papa und dem Schuft darauf stattgefunden hat, weiß ich nicht, aber Papa kam am nächsten Tag zu mir und fragte, ob ich Hudson um Entschuldigung bitten wollte. Wie du dir denken kannst, weigerte ich mich und hielt meinem Vater vor, wie er diesem Elenden erlauben könnte, ihm und allen Hausbewohnern so auf dem Kopf herumzutanzen.

›Ach, mein Junge‹, sagte er, ›du hast gut reden, aber du weißt nicht, wie meine Lage ist. Doch du sollst sie erfahren, komme, was da wolle! Du würdest nichts Böses von deinem armen, alten Vater glauben, wie, mein Junge?‹

Er war sehr bewegt und schloss sich den ganzen Tag in sein Studierzimmer ein, wo er, wie ich durch das Fenster sehen konnte, eifrig schrieb.

An jenem Abend trat etwas ein, das uns Erlösung zu bringen schien; Hudson erklärte uns nämlich, er wolle fortgehen. Er kam nach dem Essen ins Speisezimmer und kündigte uns seine Absicht mit der schweren Zunge eines Halbbetrunkenen an.

›Hab genug von Norfolk‹, sagte er. ›Will 'runter zu Mr. Beddoes in Hampshire. Er wird, glaube ich, ebenso froh sein, wenn ich komme, wie Sie's waren.‹

›Sie gehen nicht im Zorn weg, Hudson, hoffe ich?‹, sagte mein Vater mit einem mehr als sanftmütigen Ausdruck, der mein Blut zum Kochen brachte.

›Man hat mich noch nicht um Entschuldigung gebeten‹, entgegnete er mürrisch und lauernd, indem er nach meinem Platz hinschielte.

›Victor, du wirst zugeben, du hast diesen würdigen Mann zu rau behandelt‹, sagte Papa, zu mir gewendet.

›Im Gegenteil, ich denke, wir haben uns beide ganz außerordentlich langmütig gegen ihn gezeigt‹, lautete meine Antwort.

›So, meinen Sie? So?‹, knurrte er. ›Sehr gut, junger Mann! Wir werden ja sehen.‹ Damit schlenderte er aus dem Zimmer, und eine halbe Stunde später war er fort. Mein Vater befand sich aber fortan in einem Zustand bejammernswerter, nervöser Aufregung. Jede Nacht hörte ich ihn in seinem Zimmer ruhelos auf und ab gehen, und als er endlich wieder etwas ruhiger zu werden anfing, gerade da traf ihn der Schlag.‹

›Und wie?‹, fragte ich eifrig.

›Auf ganz sonderbare Weise. Gestern Abend kam an meinen Vater ein Brief, der den Stempel Fordingbridge trug. Mein Vater las ihn, schlug sich mit beiden Händen an den Kopf und fing an, kleine Kreise beschreibend, im Zimmer herumzulaufen, als wenn er von Sinnen wäre. Als ich ihn endlich aufs Sofa niederzog, waren sein Mund und seine Augenlider auf einer Seite ganz verzogen, und ich sah, dass er einen Schlaganfall gehabt hatte. Dr. Fordham kam sofort herüber, und wir brachten ihn zu Bett; aber die Lähmung griff weiter um sich, und kein einziges Zeichen von wiederkehrendem Bewusstsein hat sich eingestellt; ich zweifle, dass wir ihn noch am Leben finden.‹

›Das klingt ja entsetzlich, Trevor!‹, rief ich. ›Was stand denn so Schreckliches in diesem Brief?‹

›Gar nichts Schreckliches. Das ist das Unbegreifliche daran. Was da stand, war albern und nichtssagend. Ach, mein Gott, es ist, wie ich gefürchtet habe!‹

Während er so sprach, bogen wir in die Toreinfahrt ein, gerade auf das Haus zu, und sahen, dass alle Rollläden heruntergelassen waren. Als wir dann vorfuhren, zog sich das Gesicht meines Freundes vor Schmerz krampfhaft zusammen, da er einen Herrn in schwarzer Kleidung heraustreten sah.

›Wann ist es eingetreten, Herr Doktor?‹, fragte Trevor.

›Fast unmittelbar nach Ihrer Wegfahrt.‹

›Ist er noch einmal zu Bewusstsein gekommen?‹

›Nur einen Augenblick vor dem Ende!‹

›Hat er mir noch etwas sagen wollen?‹

›Nichts, als dass die Papiere im japanischen Zimmer im Sekretär lägen.‹

Mein Freund ging mit dem Arzt ins Sterbezimmer hinauf, während ich in der Studierstube zurückblieb und mir die ganze Geschichte immer und immer wieder durch den Kopf gehen ließ. Meine Gedanken waren sehr düsterer Natur. Welches war die Vergangenheit dieses Trevor? Boxer, Seemann und Goldgräber; und wie war er in die Gewalt dieses schielenden Schuftes geraten? Und warum ließ ihn eine Anspielung auf die halb verwischte Tätowierung an seinem Arm in Ohnmacht fallen und ein Brief von Fordingbridge zu Tode erschrecken? Da fiel mir ein, dass Fordingbridge in Hampshire lag, und dass dieser Mr.

Beddoes, den der Matrose hatte aufsuchen und bei dem er wahrscheinlich ebenfalls hatte Erpressungsversuche machen wollen, gleichfalls in Hampshire leben sollte. Dann konnte der Brief entweder von dem Matrosen kommen und die Mitteilung enthalten, er habe das schuldbergende Geheimnis, das offenbar zu vermuten war, verraten, oder das Schreiben kam von Beddoes, der einen alten Genossen warnen wollte, dass ein solcher Verrat bald erfolgen werde. Soweit schien alles ziemlich klar. Aber wie konnte dann der Brief – nach den Worten meines Freundes – nichtssagend und albern sein? Er musste ihn falsch verstanden haben. Und war dem so, so handelte es sich jedenfalls um einen jener fein ausgeklügelten Chiffrebriefe, die für den ahnungslosen Leser etwas ganz anderes besagen als für den Eingeweihten. Diesen Brief musste ich sehen. Hatte er eine versteckte Bedeutung, so war ich überzeugt, ich brächte sie heraus. Eine Stunde saß ich grübelnd im Dunkeln da, bis schließlich eine weinende Magd eine Lampe hereinbrachte. Ihr auf den Fersen folgte mein Freund Trevor, bleich, aber gefasst, und hielt in seinen Händen diese gleichen Papiere, die hier auf meinen Knien liegen. Er nahm mir gegenüber Platz, zog die Lampe auf dem Tisch näher heran und reichte mir ein kurzes Schreiben hin, das, wie du siehst, auf ein einzelnes Blatt graues Papier gekritzelt ist. Es lautete: ›Die Zeit der Jagd auf Hasen geht bald los. An Wechseln, Förster Hudson sagte mir's, hat gestern schon alles voll Wild gestanden. Er meinte, fort sei Reineke von Haus und hier und da eile ein Iltis.‹

Ich kann wohl sagen, beim ersten Lesen dieser Zeilen sah ich ebenso verblüfft aus wie du jetzt eben. Dann las ich sie noch einmal langsam durch. Es war offenbar so, wie ich mir gedacht hatte, und es musste sich hinter dieser sonderbaren Wortfolge eine andere Bedeutung verstecken. Oder konnten etwa Ausdrücke wie ›Wechsel‹, ›Reineke‹, ›Iltis‹ einen vorweg vereinbarten Sinn haben? Dann freilich war die Bedeutung ganz willkürlich und konnte ohne den Schlüssel in keiner Weise durch Schlussfolgerungen gefunden werden. Und doch wollte ich das nicht glauben; auch wies schon das Wort ›Hudson‹ darauf hin, dass sich die Mitteilung auf den von mir vermuteten Gegenstand bezog und dass sie eher von Beddoes als vom Matrosen herrührte. Ich versuchte es mit Rückwärtslesen, aber der Anfang ›Iltis ein eile da‹ war nicht eben ermutigend. Dann ließ ich jedes zweite Wort weg, jedoch weder die Wortfolge: ›die der auf‹ noch die andere: ›Zeit Jagd Hasen‹ versprach das Dunkel aufzuhellen. Dann aber, im nächsten Augenblick, hielt ich den Schlüssel des Rätsels in Händen; ich sah, dass das erste Wort und dann jedes weitere dritte zusammen eine Botschaft bildeten, die wohl geeignet sein konnte, den alten Trevor zur Verzweiflung zu bringen.

Kurz und glatt war die Warnung, wie ich sie nun meinem Gegenüber vorlas:

›Die Jagd geht an. Hudson hat alles gestanden. Fort von hier, eile!‹

Victor ließ sein Gesicht in seine zitternden Hände sinken. ›Ich denke, so ist's‹, sagte er. ›Oh das ist schlimmer als der Tod, denn es bedeutet Schande obendrein! Aber was sollen die Wörter ›Wechsel‹, ›Förster‹, ›Iltis‹?‹

›Sie besagen für die Mitteilung˚ selbst gar nichts, aber für uns ziemlich viel, wenn wir sonst kein Mittel hätten, den Absender zu entdecken: Siehst du, er hat zuerst geschrieben: ›Die – – Jagd – – geht – – an‹ und so weiter. Dann hatte er gemäß der Verabredung zwischen je zwei Wörter zwei andere zu setzen. Naturgemäß brauchte er die Wörter, die ihm zuerst in den Sinn kamen, und da sich darunter so viele auf den Jagdsport bezügliche befinden, so kann man ziemlich sicher sein, dass der Schreiber ein leidenschaftlicher Waidmann oder Schütze ist. Weißt du etwas von diesem Beddoes?‹

›Allerdings, jetzt, da du mich daran erinnerst, fällt mir ein, dass mein Vater jeden Herbst eine Einladung zur Jagd von ihm erhielt.‹

›Dann geht das Schreiben zweifellos von ihm aus‹, sagte ich, ›und wir haben nur noch das Geheimnis aufzudecken, das der Matrose drohend über die Häupter dieser beiden begüterten und geachteten Männer, zu halten scheint.‹

›Oh weh, Holmes! Ich fürchte, es steckt Sünde und Schande dahinter‹, stöhnte mein Freund. ›Aber vor dir habe ich kein Geheimnis. Hier ist das Schreiben, das mein Vater verfasst hat, als er sah, dass die von Hudson drohende Gefahr immer näher rückte. Ich fand es im japanischen Zimmer, wie er dem Arzt gesagt hatte. Nimm und lies es mir vor! Denn mir fehlt Kraft und Mut, es selbst zu tun.‹

Und das hier sind eben die Papiere, Watson, die er mir einhändigte, und ich will sie dir vorlesen, wie ich sie ihm in jener

Nacht in dem alten Studierzimmer vorgelesen habe. Sie tragen, wie du siehst, die Aufschrift: ›Erlebnisse auf der Fahrt der Barke »Gloria Scott«, die Falmouth am 8. Oktober 1855 verließ und am 6. November 15 Grad 20 Minuten nördlicher Breite, 25 Grad 14 Minuten westlicher Länge unterging.‹ Der Bericht ist in Form eines Briefes verfasst und lautet:

Mein lieber, lieber Sohn! Jetzt, wo der Augenblick der Schmach herannaht und schon seinen dunklen Schatten auf meinen Lebensabend wirft, kann ich es mit voller Wahrheit und Aufrichtigkeit niederschreiben: Nicht der Schrecken des Gesetzes, nicht der Verlust meiner weithin angesehenen Stellung, auch nicht mein Sturz in den Augen aller meiner Bekannten schneidet mir so ins Herz, wie der Gedanke, dass du über mich wirst erröten müssen − du, der mich liebt, und der, hoffe ich, selten Grund hatte, mich anders als mit Achtung anzusehen. Wenn mich aber der Schlag trifft, der mir ständig droht, dann wünsche ich, sollst du dies lesen und von mir selbst ungeschminkten Bericht erhalten, aus dem du das Maß meiner Schuld ersehen kannst. Sollte jedoch alles gut ablaufen − was Gott der Allmächtige geben möge − und dieses Schreiben aus irgend einem Zufall noch nicht vernichtet sein und dir in die Hände fallen, dann beschwöre ich dich bei allem, was dir heilig ist, bei dem Andenken an deine teure Mutter und an die Liebe, die uns verbunden hat, wirf es ins Feuer und tilge es ganz aus deinem Gedächtnis!

Wenn also dein Auge diese Zeilen liest, werde ich schon angeklagt und vor Gericht geschleppt sein oder, was wahrscheinlicher ist − denn du kennst meine Herzschwäche −, mit auf immer versiegelter Zunge als Beute des Todes daliegen. In beiden Fällen ist die Zeit der Vertuschung vorbei, und jedes Wort, das du hier liest, ist die nackte Wahrheit; das schwöre ich dir, so wahr ich auf Barmherzigkeit hoffe.

Mein Name, teurer Sohn, ist nicht Trevor. In meinen jungen Jahren hieß ich James Armitage, und du kannst jetzt verstehen, wie es mich vor einigen Wochen erschüttern musste, als dein Studienfreund Worte an mich richtete, aus denen hervorzugehen schien, dass er mein Geheimnis entdeckt habe. Als Armitage trat ich bei einem Londoner Bankhaus ein, und als Armitage wurde ich wegen Gesetzesbruch vor Gericht gezogen und zur Strafverschickung verurteilt. Denke darum nicht schlecht von mir, mein

Junge: Es war eine sogenannte Ehrenschuld, die ich zu tilgen hatte, und ich verwendete dazu Geld, das mir nicht gehörte, in der Gewissheit, es ersetzen zu können, ehe auch nur die Möglichkeit einer Entdeckung bestand. Aber das schrecklichste Unglück verfolgte mich. Das Geld, auf das ich gerechnet hatte, blieb aus, und eine unvermutete Kontrolle deckte das Defizit auf. Der Fall hätte milde beurteilt werden können, aber vor dreißig Jahren war die Gesetzauslegung und Rechtsprechung weit schärfer als heutzutage, und mein dreiundzwanzigster Geburtstag fand mich als Missetäter mit siebenunddreißig anderen Sträflingen im Zwischendeck der nach Australien segelnden Barke »Gloria Scott« angekettet.

Es war im Jahre 1855, als der Krimkrieg noch in voller Wucht tobte, und die alten Sträflingsschiffe dienten vielfach zum Truppentransport nach dem Schwarzen Meer. Die Regierung sah sich daher genötigt, zur Verschickung der Strafkolonisten kleinere oder weniger geeignete Schiffe einzustellen. Die »Gloria Scott« war als Chinafahrer zum Teehandel verwendet worden, aber sie war ein altmodisches, schwergebautes, breitbugiges Fahrzeug, das den neuen, scharfbugigen Kuttern weit nachstand. Bei fünfhundert Tonnen Tragfähigkeit zählte sie außer ihren achtunddreißig Zuchthausvögeln eine Mannschaft von sechsundzwanzig Köpfen, achtzehn Seesoldaten, einen Kapitän, drei Maate, einen Arzt, einen Kaplan und vier Wärter. So fasste sie alles in allem an hundert Seelen, als wir von Falmouth in See stachen.

Die Wände zwischen den Sträflingszellen waren nicht, wie gewöhnlich auf diesen Schiffen, von dickem Eichenholz, sondern ganz dünn und zerbrechlich. Mein nächster Nachbar nach Backbord zu war mir schon, als man uns zum Kai hinunterführte, vor allen aufgefallen. Er war ein junger Mann mit bleichem, bartlosem Gesicht, langer dünner Nase und wahren Nussknackerkinnbacken. Sein Kopf reckte sich recht übermütig in die Luft, sein Gang war herausfordernd; zudem überragte er alle schon durch seine auffallende Körpergröße. Ich möchte glauben, dass ihm keiner von uns bis an die Schulter reichte, und er muss nach meiner Schätzung sechseinhalb Fuß gemessen haben. Sonderbar mutete es einen an, unter so vielen Jammergesichtern eines voll Tatkraft und Entschlossenheit zu sehen. Wie ein Kaminfeuer im Schneesturm kam es mir vor. So war es für mich eine Freude, diesen Mann zum Nachbarn zu haben, und eine noch größere, als ich durch die Totenstille der Nacht auf einmal dicht an meinem Ohr eine Stimme flüstern hörte und merkte, dass es ihm geglückt war, ein Loch in die uns trennende Bretterwand zu schneiden.

»Hallo, Kollege!«, sagte er. »Wie heißen Sie, und was haben Sie ausgefressen?«

Ich antwortete ihm und fragte meinerseits nach seinem Namen.

»Ich bin Jack Prendergast«, sagte er, »und bei Gott, Sie werden meinen Namen segnen lernen, ehe wir wieder voneinander gehen.«

Ich erinnerte mich augenblicklich seines Falles, denn er hatte kurz vor meiner eigenen Festnahme ungeheures Aufsehen im ganzen Land erregt. Prendergast war von guter Herkunft und ein sehr begabter Mensch, besaß aber eine unheilbare Neigung zu gesetzlosem Tun und hatte die ersten Londoner Kaufleute durch die sinnreichsten Gaunereien um gewaltige Summen gebracht.

»Ah, ich sehe, Sie erinnern sich an meinen Fall«, sagte er stolz.

»Allerdings, sehr gut.«

»Dann erinnern Sie sich vielleicht auch an etwas Merkwürdiges dabei?«

»Was soll das sein?«

»Ich hatte ziemlich eine Viertelmillion Pfund, nicht?«

»So hieß es.«

»Aber man konnte nichts wiederfinden, was?«

»Nein.«

»Nun, wo denken Sie, dass das Geld geblieben ist?«, fragte er.

»Ich habe keine Ahnung.«

»Gerade zwischen meinen Fingern und Daumen«, sagte er. »Bei Gott, meines Vaters Sohn hat mehr Dukaten als Sie Haare auf dem Kopf! Und wenn man Geld hat, mein Lieber, und es zu verwenden und auszugeben versteht, so kann man alles machen. Nun werden Sie es nicht für wahrscheinlich halten, dass ein Mann, der alles machen kann, seine Hosen in dem stinkigen Schiffsraum eines rattenwimmelnden, wurmzerfressenen, muffigen alten Kastens von Chinaküstenfahrer durchscheuern will. Nein, mein Bester, solch ein Mann sieht zu, wo er bleibt und wo seine Genossen bleiben. Darauf können Sie Gift nehmen! Machen Sie Part mit ihm, und Sie können einen Eid auf die Bibel leisten, die er Ihnen hinlotsen wird!«

So redete er fort, und zuerst dachte ich, es wäre nur Geschwätz; aber nach einiger Zeit, als er meiner sicher zu sein glaubte und mich mit aller Feierlichkeit hatte Verschwiegenheit geloben lassen, weihte er mich in der Tat in einen Plan ein, der schon lange gefasst worden war, und der auf nichts anderes ausging, als sich des Schiffes zu bemächtigen. Ein Dutzend Sträflinge hatte ihn ausgeheckt, ehe sie an Bord gebracht worden waren; Prendergast war das Haupt des Unternehmens und sein Geld die Triebkraft.

»Ich hatte einen Partner«, sagte er, »einen ausnahmsweise guten Kerl, so fest und treu, wie der Schaft am Lauf. Er hat sich die Ordination verschafft, wahrhaftig; und wo denken Sie, dass er sich in diesem Augenblick befindet? Na, er ist unser Schiffskaplan – der Kaplan, nichts weniger. Er kam an Bord in schwarzem Rock, mit Papieren, die in Ordnung sind und mit Geld genug im Sack, das ganze Ding da vom Kiel bis zum Toppmast zu kaufen. Die Mannschaft ist mit Leib und Seele sein. Er konnte sie haben, das Gros zu so und so viel mit Rabatt bei Barzahlung, und er kaufte die Burschen, noch ehe sie sich heuern ließen. Er hat zwei Wärter gewonnen und Mercer, den zweiten Maat, und er hätte den Kapitän selbst gekriegt, wenn's sich verlohnt hätte.«

»Was werden wir nun tun«, fragte ich.

»Was denken Sie? Wir wollen einigen von den Soldaten die Röcke roter machen, als sie ihnen je der Schneider liefern könnte.«

»Aber sie sind bewaffnet!«

»Und das werden wir auch sein, mein Junge! Für jeder Mutter Sohn von uns gibt's ein paar Pistolen, und wären wir, mit der Mannschaft auf unserer Seite, nicht imstande, das Schiff zu nehmen, so wären wir alle reif, in eine Töchterschule geschickt zu werden. Sie reden heute Abend mit Ihrem linken Nebenmann und sehen, ob man ihm trauen darf!«

Ich folgte der Weisung und fand in meinem anderen Nachbarn einen jungen Mann, der sich in ähnlicher Lage befand wie ich selbst und wegen Fälschung verurteilt worden war. Er hieß Evans, nahm aber später ebenfalls einen anderen Namen an und ist jetzt ein reicher, gutgestellter Mann im südlichen England. Bereitwillig schloss er sich der Verschwörung an, da es keinen anderen Weg zur Rettung für uns gab, und ehe wir noch das nördliche Spanien erreicht hatten, blieben nur zwei Gefangene übrig, die nicht mit uns unter einer Decke steckten. Der eine war ein Schwächling, dem wir nichts anzuvertrauen wagten, und der andere litt an Gelbsucht und konnte für uns von keinem Nutzen sein.

Von Anfang an stand eigentlich dem Gelingen unseres Planes nichts im Weg. Die Mannschaft war ein für den Zweck besonders ausgewähltes Pack von Schuften. Der vermeintliche Kaplan kam zur Erbauung in unsere Zellen mit einer schwarzen Tasche in der Hand, die scheinbar voll von Traktätchen und geistlichen Büchern war; und das tat er so fleißig, dass wir am dritten Tag jeder am Fuß des Bettes eine Feile, eine Doppelpistole, ein Pfund Pulver und zwanzig Patronen verstaut hatten. Zwei von den Wärtern standen, wie gesagt, in Prendergasts Sold, und der zweite Maat war sein erster Gehilfe. Der Kapitän, zwei Maate, zwei Wärter, Leutnant Martin mit seinen achtzehn Rotröcken und der Doktor – das war alles, was uns gegenüberstand. Trotz dieser sicheren Aussichten waren wir indes entschlossen, keine Vorsicht aus dem Auge zu lassen und unseren Überfall plötzlich zur Nachtzeit auszuführen. Es kam jedoch schneller dazu, als wir gedacht hatten.

Als nämlich eines Abends, so in der dritten Woche nach unserer Abfahrt, der Doktor herunterkam, um nach einem kranken Sträfling zu sehen, legte er zufällig seine Hand auf das Fußende des Bettes und fühlte dabei den Umriss der Doppelpistole. Hätte er den Mund gehalten, so wäre vielleicht unser ganzer schöner Plan in die Luft geflogen; aber er war ein aufgeregter kleiner Mann, und so stieß er einen Schrei der Überraschung aus und wurde so bleich, dass der vor ihm liegende Sträfling erkannte, was die Glocke geschlagen hatte, sich mit aller Kraftanstrengung aufrichtete und ihn packte. Bevor der Doktor noch Lärm schlagen konnte, war er geknebelt, gefesselt und unter das Bett gerollt. Er hatte die zum Deck führende Tür offen gelassen, und wir waren im Nu durch. Die beiden Schildwachen wurden niedergeschossen und ebenso der Korporal, der herbeigeeilt kam, um zu sehen, was los wäre. Zwei andere Soldaten standen am Eingang des Salons, ihre Musketen aber waren, scheint's, nicht geladen; denn ohne zu feuern, versuchten sie, ihre Bajonette aufzustecken, und wurden von uns niedergeknallt. Dann stürzten wir zur Kajüte des Kapitäns; aber als wir eben dabei waren, die Tür aufzustoßen, hörten wir drinnen einen Knall und sahen dann den Kapitän mit dem Kopf auf der den Tisch bedeckenden Karte des Atlantischen Ozeans liegen, während der Kaplan mit rauchender Pistole neben ihm stand. Die beiden Maate waren von der Mannschaft gefangen genommen worden, und die ganze Geschichte schien glücklich abgelaufen zu sein.

Der Salon lag zunächst der Kapitänskabine. Dort wandten wir uns hin und sanken erschöpft auf die Diwane nieder, alle zugleich durcheinander sprechend; denn das Gefühl, wieder freie Menschen zu sein, erfüllte uns mit unbändiger Freude. Ringsherum liefen Wandschränke, und Wilson, der Pseudokaplan, riss einen auf und zog ein Dutzend Flaschen Sherry hervor. Wir schlugen den Flaschen die Köpfe ab, gossen uns Humpen voll und wollten eben anstoßen, als auf einmal ohne jede Warnung Musketengeknatter unser Ohr traf und der Salon sich so mit Rauch füllte, dass wir nicht über den Tisch sehen konnten. Als sich der Pulverdampf verzogen hatte, glich der Platz einem Schlachtfeld. Wilson und acht andere lagen zuckend am Boden; noch jetzt wird mir übel, wenn ich mir den Anblick ins Gedächtnis zurückrufe. Das Unvermutete und Schreckliche dieses Zwischenfalles machte einen so niederschmetternden Eindruck auf uns, dass ich glaube, wir hätten keine Gegenwehr geleistet, wäre nicht Prendergast gewesen. Der aber brüllte wie ein verwundeter Stier und stürzte zur Tür hinaus, wir alle, die wir noch nicht verwundet waren, hinter ihm drein. Im Nu waren wir oben, und da, auf dem Hinterdeck, standen der Leutnant und zehn von seiner Truppe. Die Oberlichtfenster über dem Salontisch hatten ein wenig offen gestanden, und durch den Spalt hatten die Soldaten gefeuert. Wir warfen uns auf sie, ehe sie wieder geladen hatten; mannhaft leisteten sie Widerstand, aber wir gewannen die Oberhand, und in fünf Minuten war alles vorüber. Prendergast war wie vom Teufel besessen und warf jeden Soldaten, der ihm in die Hände kam, tot oder lebendig über Bord. Als der Kampf vorüber war, blieb von unseren Gegnern niemand weiter übrig als die Wärter, die Maate und der Doktor.

Und ihretwegen entbrannte nun der große Streit. Viele von uns waren über alles froh, ihre Freiheit gewonnen zu haben, wollten aber keine weitere Blutschuld auf ihre Seelen laden. Wenn wir auch, um unsere Freiheit wiederzuerlangen, die Solda-ten, die eben nach uns geschossen hatten, niederschlagen halfen, so konnten wir es doch nicht kalten Herzens mit ansehen, dass man unsere Mitmenschen mordete. Acht von uns, fünf Sträflinge und drei Matrosen, erklärten, wir würden nicht zulassen, dass man die fünf töte. Aber Prendergast und seine Partei wichen kei-nen Zollbreit zurück. Sicherheit könnte es für uns nur geben, wenn wir reinen Tisch machten, und er würde keine Zunge üb-rig lassen, die einmal Zeugnis gegen uns ablegen könnte. Fast hätten wir das den Gefangenen bestimmte Los geteilt, aber schließlich sagte Prendergast, wenn wir nicht anders wollten, so sollten wir ein Boot nehmen und uns davonmachen. Wir waren über diesen Ausweg hoch erfreut, denn wir fühlten uns schon ganz krank von dem Anblick des Gemetzels und sahen, dass es noch schlimmer kommen würde. Man gab jedem von uns einen Matrosenanzug, dazu erhielten wir ein Fass Wasser, zwei Gefäße, eins voll Salzfleisch, das andere voll Biskuit, und einen Kompass. Prendergast warf uns noch eine Karte ins Boot und rief uns zu, wir wären Seeleute, deren Fahrzeug unter 15 Grad nördlicher Breite und 25 Grad westlicher Länge Schiffbruch erlitten hätte, kappte das Tau und ließ uns fahren.

Und nun komme ich zu dem merkwürdigsten Teil meiner Ge-schichte, mein lieber Sohn! Die Matrosen hatten die Fockraa an-gebrasst; jetzt brassten sie sie wieder los, und da eine leichte Brise von Nordost ging, so entfernte sich die Barke von uns. Unser Boot lag, auf- und abschwankend auf den langen, glatten Wogen, und Evans und ich, die noch am meisten von allen Bootsinsassen ver-standen, saßen im Vorderteil des Bootes, suchten unsere Lage zu bestimmen und einen Plan zu entwerfen, welche Küste wir ge-winnen sollten. Es war ein hübsches Problem, denn die kapverdi-schen Inseln lagen etwa 500 Seemeilen nördlich von uns und die afrikanische Küste etwa 700 Meilen im Osten. Nach Lage der Dinge, und da sich der Wind glatt nach Norden drehte, hielten wir es noch für das beste, Sierra Leone zum Ziel zu nehmen, und wandten unsere Augen nach dieser Richtung, während die Barke etwas mehr rechts von unserem Boot schon so weit entfernt war, dass wir nur noch ihr Segel- und Takelwerk erblicken konnten. Auf einmal, als wir wieder nach ihr hinschauten, sahen wir, wie eine dichte schwarze Rauchwolke von ihr emporstieg, die wie ein ungeheurer Baum über dem Horizont hing. Wenige Minuten später drang ein donnerartiges Getöse an unsere Ohren, und als der Rauch dünner wurde, war keine Spur mehr von der »Gloria Scott« wahrzunehmen. Sofort lenkten wir unseren Bug herum und ruderten mit aller Kraft nach der Stelle, wo noch ein leichter, über das Gewässer ziehender Rauchstreifen den Schauplatz der Katastrophe bezeichnete.

Es dauerte eine lange Stunde, bis wir hinkamen, und zuerst fürchteten wir, wir wären zu spät gekommen, um noch einem Hilfsbedürftigen beistehen zu können. Ein zersplittertes Boot und eine Menge Balken und Spierstücke, die mit den Wogen auf und nieder tanzten, zeigten uns, wo das Schiff seinen Untergang gefunden hatte; aber kein Lebenszeichen machte sich bemerkbar, und schon hatten wir uns mit schwerem Herzen weggewandt, da vernahmen wir einen Hilferuf und sahen nun nicht weit von uns ein Wrackstück treiben und quer darüber einen Menschen ausgestreckt. Als wir ihn an Bord gezogen hatten, erfuhren wir, dass wir einem jungen Matrosen namens Hudson das Leben gerettet hatten; er war aber so erschöpft, dass er uns erst am folgenden Morgen über die Ereignisse auf der »Gloria Scott« Auskunft zu geben vermochte.

Nach seinem Bericht hatten sich, wie es scheint, Prendergast und seine Genossen nach unserer Abfahrt daran gemacht, die verbleibenden fünf Gefangenen vom Leben zum Tode zu befördern; die beiden Wärter wurden erschossen und über Bord geworfen und ebenso der dritte Maat. Dann stieg Prendergast ins Zwischendeck hinunter und schnitt mit eigener Hand dem unglücklichen Schiffsarzt die Kehle durch. Nun blieb bloß noch der erste Maat übrig, ein kühner, tatkräftiger Mann. Als er den Sträfling mit blutigem Messer auf sich zukommen sah, streifte er seine Fesseln ab, die er schon vorher auf irgendeine Weise hatte lockern können, eilte die Treppe hinunter und verschwand im hinteren Schiffsraum. Ein Dutzend Sträflinge, die mit gespannten Pistolen nach ihm suchten, fanden ihn mit einer Zündholzschachtel neben einem offenen Pulverfass stehend. Er rief ihnen warnend zu, er würde sie sämtlich in die Luft sprengen, wenn sie ihn nicht in Frieden ließen. Einen Augenblick darauf erfolgte die Explosion, von der Hudson meinte, sie sei eher durch eine fehlgehende Kugel veranlasst worden als durch ein Zündholz des Maats. Mag die Ursache sein, welche sie wolle, es war das Ende der »Gloria Scott« und alles Lebenden auf ihr mit Ausnahme des von uns geretteten Hudson.

Das ist, mein teurer Sohn, in wenigen Worten die schreckliche Geschichte, in die ich verwickelt war. Am nächsten Morgen nahm uns die nach Australien segelnde Brigg »Hotspur« auf, deren Kapitän ohne weiteres unserer Aussage Glauben schenkte, wir hätten uns aus dem Schiffbruch eines Passagierschiffes gerettet. Das Transportschiff »Gloria Scott« wurde von der Admiralität für verschollen erklärt, und von seinem wirklichen Schicksal ist niemals auch nur ein Wort durchgesickert. Nach einer vorzüglichen Fahrt setzte uns die »Hotspur« in Sydney an Land, wo wir, Evans und ich, andere Namen annahmen und uns bis zu den Goldgruben durchschlugen. Hier war es uns ein leichtes, unter den Angehörigen aller Nationen, die dort zusammenströmten, die Erinnerung an unsere frühere Existenz völlig zu verwischen.

Den Rest brauche ich kaum zu erzählen. Wir hatten Glück und kamen vorwärts. Wir machten Reisen und kehrten endlich als reiche Koloniale nach England zurück, wo wir uns Landgüter kauften. Länger als zwanzig Jahre haben wir ein friedvolles und ersprießliches Leben geführt und hegten die Hoffnung, unsere Vergangenheit wäre auf immer begraben. Nun kannst du dir meine Gefühle vorstellen, als ich in dem Matrosen, der uns aufsuchte, auf den ersten Blick den Mann erkannte, den wir damals von den Trümmern der »Gloria Scott« aufgelesen hatten. Er war irgendwie auf unsere Spur gekommen und hatte beschlossen, aus unserer Furcht Kapital zu schlagen. Du wirst nun begreiflich finden, warum ich mit ihm im guten auszukommen versuchte, und wirst einigermaßen die Angst verstehen, die mich jetzt erfüllt, da er mit Drohungen auf der Zunge zu seinem zweiten Opfer gegangen ist.

Unten steht noch in einer Schrift, so zitterig, dass sie kaum lesbar ist: Beddoes schreibt in Chiffreschrift, dass Hudson alles verraten hat. Teurer Vater im Himmel, sei unseren Seelen gnädig!

Das war der Bericht, den ich in jener Nacht dem jungen Trevor vorgelesen habe, und ich denke, er war unter solchen Umständen dramatisch genug. Dem guten Burschen wollte das Herz darüber brechen, und er ging nach Ceylon, wo er Teepflanzer wurde. Wie ich höre, geht es ihm dort gut. Was den Matrosen und Beddoes anlangt, so hat man von keinem von beiden je wieder etwas gehört seit dem Tag, an dem der warnende Brief geschrieben wurde. Beide sind ganz und gar verschollen. Eine Anzeige bei der Polizei oder bei Gericht war nicht erfolgt. Beddoes muss also für wirklich geschehen gehalten haben, was nur eine Drohung gewesen war. Man hatte Hudson noch in der Gegend herumschleichen sehen, und nach Annahme der Polizei war er mit Beddoes auf und davon gegangen. Ich glaube, in Wahrheit liegt es gerade umgekehrt. Für mich ist es höchst wahrscheinlich, dass Beddoes, zur Verzweiflung gebracht, an dem vermeintlichen Verräter Rache genommen hat und mit so viel Mitteln, wie er nur zusammenraffen konnte, geflohen ist. Das ist der Tatbestand dieses Falles, Doktor, und wenn er für deine Sammlung von Wert sein sollte, so stelle ich ihn dir herzlich gern zur Verfügung.«

Der Marinevertrag

Zu meinen besten Kameraden während der Schulzeit gehörte ein Knabe namens Percy Phelps; wir standen im gleichen Alter, doch war er mir um zwei Klassen voraus. Wegen seiner großen Begabung fielen ihm alljährlich die Preise zu, welche die Schule zu vergeben hatte, und noch beim Abgang verschaffte ihm sein vorzügliches Examen ein Stipendium, in dessen Besitz er seine Studien auf der Universität Cambridge mit Glanz fortsetzen konnte.

Ich erinnere mich, dass er vornehme Verwandte hatte; sein Oheim mütterlicherseits war Lord Holdhurst, der berühmte Abgeordnete der konservativen Partei. Das wussten wir schon als ganz kleine Knaben, doch brachte es Phelps in der Schule keinerlei Vorteil; es war für uns nur ein Grund mehr, ihn tüchtig auf dem Spielplatz herumzuhetzen oder ihm, wenn sich die Gelegenheit bot, den großen Ball ans Schienbein zu werfen.

Bei seinem Eintritt in die Welt wurde das natürlich nicht anders. Ich hörte noch gerüchtweise, er habe auf Verwendung einflussreicher Personen eine gute Anstellung im Auswärtigen Amt erhalten, für die ihn seine Begabung befähigte; dann verlor ich ihn jahrelang ganz aus dem Gesicht, bis er sich mir eines Morgens durch den folgenden Brief ins Gedächtnis zurückrief:

Brierbrae, Woking
    Mein lieber Watson!
    Ohne Zweifel erinnerst Du Dich noch von der Schulzeit her an Phelps, genannt »Kaulquappe«, der in der fünften Klasse war, als Du die dritte besuchtest. Möglicherweise hast Du auch erfahren, dass mir mein Onkel eine Stelle im Auswärtigen Amt verschafft hat. Diesen ehrenvollen Vertrauensposten habe ich seither bekleidet, aber ein entsetzliches Missgeschick hat mit einem Schlag meine ganze Zukunft vernichtet.

    Es würde zu weit führen, wollte ich Dir mein Unglück schriftlich auseinandersetzen; falls Du auf meine Bitte eingehst, wirst Du ohnehin alle Einzelheiten aus meinem Mund hören müssen. Ich bin eben erst von einem Nervenfieber genesen, das mich neun Wochen lang ans Bett gefesselt hat, und ich fühle mich noch recht schwach. Könntest Du mich wohl besuchen und Deinen Freund Holmes veranlassen, Dich zu begleiten? Ich möchte gerne seine Ansicht über den Fall hören, trotz der Versicherung der Polizei, dass sich nichts mehr tun lässt. Bitte, bring ihn so bald wie möglich hierher; jede Minute wird mir zur Ewigkeit, so lange ich noch in dieser entsetzlichen Spannung lebe. Sage ihm, dass es nicht ein Beweis von mangelndem Vertrauen ist, wenn ich ihn erst jetzt um Rat frage; ich war seit jenem Schicksalsschlag wie von Sinnen. Jetzt bin ich zwar wieder zu mir selbst gekommen, doch wage ich kaum an die Geschichte zu denken, weil ich einen Rückfall fürchte. Noch fühle ich mich nicht einmal stark genug, um selber zu schreiben, und muss diese Zeilen diktieren.

Nicht wahr, Du kommst zu Deinem Freund,
zu Deinem alten Schulkameraden
Percy Phelps.

Es lag etwas so Hilfloses und Rührendes in der Art, wie er mich wiederholt anflehte, Holmes zu ihm zu bringen, dass ich nichts unversucht gelassen hätte, um seinen Wunsch zu erfüllen. Doch kannte ich Holmes gut genug, um zu wissen, dass er jedem Klienten seine Dienste aufs Bereitwilligste zur Verfügung stellte, wenn es galt, seine Kunst auszuüben. So beschloss ich denn, ihn ohne Zögern aufzusuchen und betrat schon eine Stunde nach dem Frühstück meine frühere Wohnung in der Baker Street.

Sherlock Holmes saß im Schlafrock an einem Seitentisch und war eifrig mit einer chemischen Analyse beschäftigt, über der bläulichen Flamme des Bunsenbrenners siedete und brodelte in der Retorte eine Flüssigkeit, deren destillierte Tropfen sich in einem Zweilitermaß sammelten. Als ich eintrat, hob mein Freund kaum den Blick; das Experiment, welches er vorhatte, mochte wohl sehr wichtig sein. Ich setzte mich in einen Lehnstuhl und wartete, während er seine Pipette bald in diese, bald in jene Flasche eintauchte. Endlich trat er mit der fertigen Lösung im Reagenzglas vor mich hin, in der Rechten einen Streifen Lackmuspapier haltend.

»Du kommst gerade in einem kritischen Moment, Watson«, sagte er. »Behält dies Papier seine blaue Farbe, so ist alles gut; wird es rot, so kostet es ein Menschenleben.« Er tauchte es in das Glas, und sofort nahm es eine schmutzig feuerrote Färbung an. »Hm, ich dachte es mir wohl. In einem Augenblick stehe ich dir zu Diensten, Watson. Nimm dir Tabak aus dem persischen Pantoffel.« Er setzte sich an das Pult, schrieb mehrere Depeschen und übergab sie seinem kleinen Diener. Dann warf er sich in den Stuhl, der mir gegenüber stand, schlug seine langen, dünnen Beine übereinander und faltete die Hände über dem Knie.

»Ein sehr alltäglicher kleiner Mord«, sagte er. »Vermutlich bringst du mir etwas Besseres. Du bist der Sturmvogel, der ein Verbrechen ankündigt, Watson. Was gibt's denn?«

Ich reichte ihm den Brief, den er mit großer Aufmerksamkeit durchlas. »Sehr viel lässt sich nicht daraus entnehmen, wie mir scheint.«

»So gut wie nichts.«

»Doch interessiert mich die Handschrift.«

»Es ist nicht seine eigene.«

»Eben darum. Eine Frau hat den Brief geschrieben.«

»Bewahre, es ist eine Männerhand«, rief ich.

»Nein, die Schrift einer Frau von seltener Charakterstärke. Es ist beim Beginn einer Untersuchung von Wichtigkeit zu wissen, dass der betreffende Klient in naher Beziehung zu einer Person steht, welche hervorragende Gaben besitzt, im guten oder bösen Sinne. Ich fange schon an, mich für den Fall zu interessieren. Wenn du nichts anderes vorhast, wollen wir gleich nach Woking fahren, um den Herrn Diplomaten aufzusuchen, der in solcher Klemme steckt, und uns die Dame anzusehen, der er seine Briefe diktiert.«

Wir hatten gerade noch Zeit, den Vormittagszug auf der Waterloo Station zu erreichen; eine etwa einstündige Fahrt brachte uns nach den Fichtenwäldern und dem Heideland von Woking. Brierbrae erwies sich als der Name eines Hauses, das inmitten weitläufiger Anlagen in geringer Entfernung vom Bahnhof dalag. Als wir unsere Karten abgegeben hatten, wurden wir in ein vornehm ausgestattetes Empfangszimmer geführt, wo uns schon nach kürzester Frist ein etwas wohlbeleibter Mann aufs Gastfreundlichste begrüßte. Er mochte eher vierzig als dreißig Jahre alt sein, aber seine roten Pausbacken und munteren Augen gaben ihm das Aussehen eines dicken, durchtriebenen Jungen.

»Wie froh bin ich, dass Sie da sind«, sagte er, uns die Hände schüttelnd. »Percy hat den ganzen Morgen über nur immer nach Ihnen gefragt. Der Ärmste klammert sich an jeden Strohhalm. Ich soll Sie auch im Namen seiner Eltern willkommen heißen; schon die bloße Erwähnung der Angelegenheit ist ihnen äußerst peinlich.«

»Wir haben noch gar nichts Näheres darüber gehört«, versetzte Holmes. »Sie selbst sind offenbar kein Mitglied der Familie.«

Der Herr sah überrascht auf, dann erwiderte er lachend:

»Sie werden wohl das J. H. auf meinem Siegelring bemerkt haben. Ich wollte schon über Ihren Scharfsinn staunen. Mein Name ist Josef Harrison, und da Percy mit meiner Schwester Anna verlobt ist, zähle ich bald wenigstens zu den angeheirateten Verwandten. Sie werden meine Schwester bei ihm im Zimmer finden; sie pflegt ihn seit zwei Monaten ohne Rast und Ruhe. Gehen Sie lieber gleich zu ihm, ich weiß, mit welcher Ungeduld er auf Sie wartet.«

Das Gemach, in das man uns wies, lag im nämlichen Stockwerk und diente zugleich als Wohn- und Schlafzimmer; zierlich geordnete Blumen, die auf Gesimsen und hier und da in den Ecken standen, gaben ihm ein freundliches Aussehen. Auf einem Sofa am offenen Fenster, durch das die laue Sommerluft und die Wohlgerüche des Gartens hereinströmten, lag ein junger Mann mit bleichen, eingefallenen Wangen. Ein Mädchen, das neben ihm saß, stand auf, als wir eintraten.

»Soll ich fortgehen, Percy?«, fragte sie.

Er hielt ihre Hand fest, so dass sie bleiben musste, und begrüßte mich herzlich. »Wie geht's dir, Watson?«, fragte er. »Du hast dich sehr verändert, das macht der Bart. Mich hättest du wohl auch kaum wiedererkannt. Der Herr ist vermutlich dein berühmter Freund Sherlock Holmes?«

Ich stellte ihn mit kurzen Worten vor, und wir setzten uns beide. Der dicke junge Mann hatte sich entfernt, aber seine Schwester nahm neben dem Kranken Platz, der ihre Hand nicht losließ. Sie war eine ungewöhnliche Erscheinung mit den großen, dunkeln, italienischen Augen, der schönen Olivenfarbe des Gesichts und der reichen Fülle tiefschwarzen Haares, nur die Gestalt war etwas zu kurz und gedrungen. Ihre blühenden Farben machten die Blässe und Magerkeit des armen Phelps nur noch auffallender.

»Um so wenig wie möglich von Ihrer Zeit in Anspruch zu nehmen, will ich Ihnen die Sache ohne alle Umschweife vortragen«, sagte er, sich auf dem Sofa in die Höhe richtend. »Ich war ein lebensfroher, vom Glück begünstigter Mann und stand im Begriff, mich zu verheiraten, als ein unerwartetes, furchtbares Missgeschick plötzlich meine ganze Zukunft zerstörte.

Watson hat Ihnen vielleicht mitgeteilt, dass ich eine Stelle im Auswärtigen Amt bekleidete. Durch Lord Holdhursts, meines Onkels, Einfluss war ich rasch auf einen verantwortlichen Posten gestellt worden. Als mein Onkel Minister des Äußeren wurde, gab er mir verschiedene wichtige Aufträge, die ich stets so glücklich zum Abschluss brachte, dass er zuletzt ein unbegrenztes Vertrauen in meine Umsicht und Leistungsfähigkeit setzte.

Vor etwa zehn Wochen – oder um ganz genau zu sein, am 23. Mai – rief er mich in sein Privatzimmer, lobte mich wegen der guten Dienste, die ich ihm bisher geleistet, und teilte mir mit, dass er mir wieder die Ausführung eines wichtigen Geschäfts anvertrauen wolle.

›Das hier‹, sagte er und nahm eine graue Papierrolle aus seinem Schreibtisch, ›ist das Original eines geheimen Vertrages zwischen England und Italien. Zu meinem größten Bedauern sind schon Gerüchte über seinen Inhalt durch die Presse an die Öffentlichkeit gedrungen, und es ist von ungeheurer Wichtigkeit, dass nichts Näheres bekannt wird. Die französische und russische Gesandtschaft würden gern große Summen bezahlen, um sich einen Einblick in diese Schrift zu verschaffen. Am liebsten behielte ich die Papiere ganz bei mir im Schreibtisch, wäre es nicht unumgänglich nötig, eine Kopie davon anfertigen zu lassen. Du hast doch ein Pult mit gutem Verschluss in deinem Büro?‹

›Jawohl.‹

›Dann nimm den Vertrag und schließe ihn sorgfältig ein. Ich werde es einzurichten wissen, dass du nach Schluss der Geschäftsstunden allein zurückbleibst und die Abschrift ungestört machen kannst, ohne zu fürchten, dass man dich dabei beobachtet. Wenn du fertig bist, schließe Original und Kopie wieder in das Pult und händige mir beides morgen früh persönlich aus.‹

Ich nahm die Papiere –«

»Bitte, einen Augenblick«, unterbrach ihn Holmes, »waren Sie beide allein während dieser Unterredung?«

»Ganz allein.«

»In einem großen Raum?«

»Das Zimmer mag etwa dreißig Fuß lang sein und ebenso breit.«

»Sie standen in der Mitte?«

»Ja, ungefähr.«

»Und sprachen nicht laut?«

»Mein Onkel spricht gewöhnlich mit sehr leiser Stimme, und ich habe fast nichts gesagt.«

»Danke sehr«, versetzte Holmes und schloss die Augen. »Bitte, fahren Sie fort.«

»Ich tat alles, wie er es mir vorgeschrieben hatte und wartete, bis die anderen Angestellten sich entfernten. Einer von ihnen, Charles Gorot, der mit mir im selben Zimmer arbeitete, hatte noch einige Rückstände zu erledigen; ich ließ ihn da und ging zum Essen. Als ich zurückkam, war er fort. Nun machte ich mich gleich ans Werk, denn ich wünschte so schnell wie möglich mit der Arbeit fertig zu werden. Josef Harrison, den Sie hier gesehen haben, war in der Stadt; ich wusste, dass er mit dem Elfuhrzug nach Woking fahren wollte und hätte ihn gern begleitet.

Als ich den Vertrag in Augenschein nahm, erkannte ich sofort, dass mein Onkel die Wichtigkeit des Dokuments keineswegs übertrieben hatte. Ohne mich auf Einzelheiten einzulassen, will ich nur erwähnen, dass darin die Stellung Großbritanniens zum Dreibund klargelegt und auseinandergesetzt war, welchen politischen Standpunkt England einnehmen würde, falls die französische Flotte im Mittelländischen Meer ein vollkommenes Übergewicht über die italienische Seemacht erringen sollte. Es handelte sich überhaupt ausschließlich um Fragen, welche die Marine betrafen. Rasch überflog ich noch die Namen der hohen Würdenträger, die den Vertrag unterzeichnet hatten, und machte mich dann an die Abschrift.

Das umfangreiche Dokument enthielt sechsundzwanzig Artikel und war in französischer Sprache abgefasst. Ich schrieb, so schnell ich konnte, doch hatte ich, als es neun Uhr schlug, nicht mehr als neun Artikel fertig; dass ich den Zug noch erreichen würde, schien aussichtslos. Von dem Abendessen war ich schläfrig geworden, auch hatte ich nach der langen Tagesarbeit ein dumpfes Gefühl im Kopf und glaubte, eine Tasse Kaffee würde mich auffrischen. Am Fuß der Treppe hat der Türhüter eine kleine Kammer, wo er die Nacht über bleibt; die Beamten, welche Überstunden machen, lassen sich häufig von ihm auf seiner Spirituslampe Kaffee kochen. Ich klingelte, damit er heraufkommen sollte.

Zu meiner Verwunderung erschien statt seiner eine große ältliche Frau mit groben Gesichtszügen. Sie hatte eine Schürze vor und sagte mir, sie sei des Türhüters Frau und als Putzerin im Hause beschäftigt. So bestellte ich denn meinen Kaffee bei ihr.

Ich schrieb noch zwei Artikel ab und wurde immer schläfriger, so dass ich, um mich wach zu erhalten, ein paar Mal im Zimmer auf- und abging. Warum nur der Kaffee nicht kam? – Ich öffnete die Tür und trat hinaus, um die Ursache der Verzögerung zu ergründen. Aus meinem Arbeitszimmer, das keinen anderen Ausgang hat, führte ein gerader, schwach erleuchteter Korridor bis zu einer gewundenen Treppe, welche unten im Hausflur mündete, an dessen Ende man zur Stube des Türhüters gelangt. Ist man die Treppe zur Hälfte hinuntergegangen, so kommt man an einen Absatz, von dem aus ein zweiter Korridor im rechten Winkel zur Hintertreppe und nach einer Seitentür führt. Dieser Eingang wird nicht nur von der Dienerschaft benützt, sondern auch von den Angestellten, wenn sie aus der Charles Street kommen und ihren Weg abkürzen wollen. Hier ist eine rohe Skizze der ganzen Örtlichkeit.«

»Danke sehr. Ich glaube, Ihren Ausführungen gut folgen zu können«, sagte Sherlock Holmes.

»Ich empfehle diesen Punkt Ihrer besonderen Beachtung, er ist von größter Wichtigkeit. – Die Treppe hinuntergehend, kam ich in den Flur und fand den Türhüter in seiner Kammer fest eingeschlafen. Im Kessel neben ihm kochte das Wasser so stark, dass es bis auf die Diele spritzte. Eben streckte ich die Hand aus, um den Mann aus dem Schlaf zu wecken, als eine Glocke, die über meinem Haupt hing, zu läuten begann, und er erschrocken auffuhr.

›Ach, Sie sind's, Mr. Phelps‹, sagte er, verwirrt um sich blickend.

›Ich bin heruntergekommen, um zu sehen, ob mein Kaffee fertig ist.‹

›Während das Wasser ins Kochen kam, bin ich eingeschlafen.‹ Er sah mich an und blickte dann mit wachsender Verwunderung nach der Glocke hinauf, die noch immer in zitternder Bewegung war.

›Wer hat denn aber geläutet, wenn Sie hier waren, Mr. Phelps?‹

›Geläutet? – Was für eine Glocke ist das?‹, fragte ich.

›Die Glocke von Ihrem Büro.‹

Mir stand das Herz still. – Also war jemand dort im Zimmer, wo das kostbare Schriftstück auf dem Tisch lag. – Wie wahnsinnig stürzte ich die Treppe hinauf und durch den Gang. Kein Mensch war im Korridor, Mr. Holmes – kein Mensch war im Büro. Ich fand alles genau so, wie ich es verlassen – nur die mir anvertrauten Papiere waren von dem Schreibpult verschwunden, auf dem sie gelegen hatten. Die Abschrift war noch da, aber das Original war fort.«

Holmes saß aufrecht in seinem Stuhl und rieb sich die Hände. Dies Rätsel war so recht nach seinem Herzen, das sah ich wohl. »Nun, und was taten Sie?«, murmelte er.

»Ich wusste sofort, dass der Dieb die Hintertreppe heraufgekommen sein müsse. Auf dem Weg vom Haupteingang her wäre ich ihm natürlich begegnet.«

»Sie sind überzeugt, dass er nicht die ganze Zeit über im Zimmer verborgen war oder im Korridor, von dem Sie sagten, er sei nur schwach erleuchtet gewesen?«

»Das ist ein Ding der Unmöglichkeit. Weder das Zimmer noch der Korridor bieten das geringste Versteck.«

»Ich danke Ihnen. Bitte fahren Sie fort.«

»Der Türhüter hatte meine entsetzte Miene gesehen und kam hinter mir die Treppe hinauf. Wir liefen nun beide durch den Gang und die steile Stiege hinunter, die nach der Charles Street führt. Die Tür unten war nicht verschlossen; wir stießen sie auf und eilten hinaus. Im selben Augenblick hörte ich, wie die Uhr vom nahen Kirchturm drei Schläge tat. Es war dreiviertel auf zehn.«

»Das ist ein höchst wichtiger Umstand«, sagte Holmes, während er die Zahl auf seiner Manschette notierte.

»Draußen war dunkle Nacht, und es fiel ein feiner, warmer Regen. Auf der Charles Street ging kein Mensch, aber wo sie ganz am Ende mit Whitehall zusammenstößt, war wie gewöhnlich ein dichtes Gedränge. Barhäuptig liefen wir die Straße hinunter und trafen an der Ecke einen Polizisten.

›Ein Diebstahl‹, stieß ich keuchend heraus. ›Aus dem Ministerium des Äußeren ist ein Schriftstück von unermesslichem Wert entwendet worden. – Ist hier irgendjemand vorbeigekommen?‹

›Ich stehe seit einer Viertelstunde hier‹, entgegnete er; ›während dieser Zeit ist nur eine Person hier vorübergegangen – ein großes, schon bejahrtes Frauenzimmer mit einem Umschlagetuch.‹

›Ach, das ist gewiss nur meine Frau gewesen‹, meinte der Türhüter, ›sonst haben Sie niemand gesehen?‹

›Keinen Menschen.‹

›Dann muss der Dieb nach der anderen Seite entkommen sein‹, rief der Türhüter, mich am Ärmel fassend.

Doch ich gab mich nicht so leicht zufrieden, und je mehr er versuchte, mich mit sich fortzuziehen, umso argwöhnischer wurde ich.

›Welche Richtung hat die Frau eingeschlagen?‹, fragte ich.

›Das weiß ich nicht‹, antwortete der Polizist. ›Ich sah sie vorbeigehen, hatte aber keinen besonderen Grund, ihr nachzuspüren. Sie schien es sehr eilig zu haben.‹

›Wie lange ist es her?‹

›Höchstens ein paar Minuten.‹

›Wie viele denn – etwa fünf?‹

›Sicherlich nicht mehr.‹

›Sie verlieren nur unnütz Zeit, Mr. Phelps‹, rief der Türhüter. ›Meine Alte hat nichts mit der Sache zu tun, verlassen Sie sich darauf. Sie ist nach unserer Wohnung gegangen, wo Sie sie finden werden.‹

›Wo wohnen Sie?‹, fragte ich.

›In Brixton, Epheu Lane Nr. 16; aber folgen Sie nicht der falschen Fährte, Mr. Phelps. Sie verlieren nur unnütz Zeit.‹

Wir kehrten nun in das Ministerium zurück und durchsuchten die Treppen und Gänge, jedoch ohne Erfolg. Der Korridor, der zu meinem Arbeitszimmer führt, war mit einem hellfarbenen Linoleum belegt, auf dem jeder Tritt zu sehen ist. Obwohl wir es sorgfältig besichtigten, fanden sich keine Fußspuren.«

»Hatte es den ganzen Abend geregnet?«

»Etwa von sieben Uhr an.«

»Wie kam es dann, dass die Frau, die gegen neun Uhr bei Ihnen im Zimmer war, dort keine Spur ihrer schmutzigen Stiefel zurückließ?«

»Es ist mir lieb, dass Sie den Umstand erwähnen; auch mir fiel das damals auf. Die Putzfrauen pflegen in der Stube des Türhüters die Stiefel zu wechseln und Salbandschuhe anzuziehen.«

»Das erklärt die Sache. Also Sie fanden keinen Abdruck auf dem Fußboden, trotz der Nässe draußen? Der Tatbestand ist wirklich höchst merkwürdig. Bitte, erzählen Sie weiter.«

»Nun untersuchten wir das Zimmer. An eine geheime Tür war nicht zu denken, und die Fenster sind wohl dreißig Fuß hoch über der Straße; beide waren geschlossen und verriegelt. Eine etwaige Falltür ließe sich schon des Teppichs wegen nicht öffnen, und die Decke ist weißgetüncht. Ich möchte meinen Kopf wetten, dass der Dieb, der das Schriftstück gestohlen hat, nur zur Stubentür hereingekommen sein kann.«

»Wie steht's mit dem Kamin?«

»Es ist keiner vorhanden, nur ein Ofen ist da. Die Klingelschnur hängt am Draht, rechter Hand von meinem Schreibpult. Wer geläutet hat, muss dicht am Pult gestanden haben. Aber warum sollte ein Dieb die Glocke ziehen? Es ist ein ganz unergründliches Geheimnis.«

»Freilich, der Umstand ist verwunderlich. – Was taten Sie nun für Schritte? Hatte der Eindringling nichts im Zimmer zurückgelassen – sahen Sie keinen Zigarrenstumpf, keine Haarnadel oder sonst eine Kleinigkeit herumliegen?«

»Nicht das Geringste.«

»Sie bemerkten auch keinen Geruch?«

»Darauf haben wir nicht geachtet.«

»Bei solcher Untersuchung wäre es von Wichtigkeit, wenn das Zimmer zum Beispiel nach Tabak gerochen hätte.«

»Ich bin selbst kein Raucher, und ein Tabakgeruch wäre mir gewiss aufgefallen. Wir fanden nicht den geringsten Aufschluss. Die einzig greifbare Tatsache war, dass des Türhüters Weib – Mrs. Tangey ist ihr Name – sich eilig davon gemacht hatte. Obwohl ihr Mann erklärte, seine Frau gehe um diese Zeit gewöhnlich nach Hause, kam ich mit dem Polizisten überein, dass wir suchen müssten, der Frau habhaft zu werden, ehe sie Zeit hätte, sich der Papiere zu entledigen – vorausgesetzt, dass diese überhaupt in ihrem Besitz waren.

Inzwischen hatte man das Polizeiamt benachrichtigt, und Forbes, der Geheimpolizist, fand sich sofort ein, übernahm den Fall und entwickelte die größte Tatkraft. Wir bestiegen eine Droschke, sagten dem Kutscher die Adresse, und eine halbe Stunde später hielten wir vor Mrs. Tangeys Wohnung. Ein junges Mädchen, ihre älteste Tochter, wie wir später erfuhren, öffnete uns. Die Mutter war noch nicht zurück, und wir mussten im Wohnzimmer warten.

Etwa zehn Minuten später klopfte es an der Haustür, und nun begingen wir einen unverzeihlichen Missgriff. Statt selbst zu öffnen, überließen wir dies dem Mädchen. ›Mutter‹, hörten wir sie sagen, ›drinnen sind zwei Männer, die auf dich warten.‹ Sogleich vernahmen wir eilige Fußtritte im Gang; Forbes stieß die Tür auf, und wir stürzten beide nach dem Hinterzimmer, das als Küche diente, aber die Frau war schon vor uns da. Sie sah uns mit herausfordernden Blicken an, plötzlich aber erkannte sie mich, und ihr Gesicht verriet maßloses Erstaunen.

›Aber, das ist ja Mr. Phelps aus dem Büro‹, rief sie.

›Vor wem sind Sie denn so davongelaufen – für wen hielten Sie uns?‹, fragte mein Gefährte.

›Die Gerichtsdiener‹, sagte sie. ›Wir haben mit einem Händler Streit gehabt.‹

›Das machen Sie einem anderen weis‹, versetzte Forbes. ›Wir haben allen Grund zu glauben, dass Sie ein wichtiges Schriftstück aus dem Büro mitgenommen haben und es jetzt hier beiseite bringen wollten. Es hilft nichts, Sie müssen mit uns zur Polizei, um sich durchsuchen zu lassen.‹

All ihr Bitten und Widerstreben war umsonst. Wir besichtigten noch die ganze Küche und besonders den Herd genau, um zu sehen, ob sie den Augenblick, als sie allein war, nicht benutzt hatte, um die Papiere zu verbrennen; aber wir konnten weder Asche noch Papierfetzen entdecken. Dann fuhren wir beide mit ihr in der Droschke nach dem Polizeiamt, wo sie sogleich einer dazu angestellten Frau übergeben wurde. Ich wartete in wahrer Todesangst, bis diese kam, um Bericht zu erstatten. Von den Papieren hatte sich keine Spur gefunden.

Da überkam mich zum ersten Mal das Bewusstsein meiner entsetzlichen Lage mit voller Gewalt. Bisher hatte ich handeln können, und mir war keine Zeit zum Überlegen geblieben. Ich hatte fest darauf gerechnet, den Vertrag auf der Stelle wiederzufinden; was aus mir werden sollte, wenn unsere Bemühungen fehlschlugen, daran wagte ich nicht zu denken. Doch jetzt ließ sich nichts mehr tun, und ich hatte Muße, mir meine Lage klar zu machen. Sie war fürchterlich. – Watson kann Ihnen sagen, dass ich schon in der Schule ein nervöser, leicht erregbarer Knabe war; das liegt in meiner Natur. Ich dachte an meinen Onkel und die anderen Minister, an die Schande, die ich ihm, mir und allen meinen Angehörigen bereitet hatte. Freilich war ich das Opfer eines außergewöhnlichen Missgeschicks; aber wer fragt danach, wo diplomatische Interessen auf dem Spiel stehen? Kein Zweifel – ich war hoffnungslos zu Grunde gerichtet und mit Schmach bedeckt. – Was ich damals tat, weiß ich nicht mehr, meine Aufregung war zu groß. Ich erinnere mich noch dunkel, dass die Beamten sich um mich versammelten und mich zu beruhigen suchten. Einer von ihnen fuhr mit mir bis zur Waterloo-Station und brachte mich in den Zug nach Woking. Wahrscheinlich hätte er mich bis hierher begleitet, wäre nicht Doktor Ferrier, der in unserer Nachbarschaft wohnt, zufällig auf der Bahn gewesen. Der Doktor hatte die Güte, mich in seine Obhut zu nehmen, und das war mein Glück, denn kurz nach der Abfahrt verfiel ich in Krämpfe, und bevor wir daheim ankamen, raste ich im Fieberwahn.

Sie können sich den Schrecken meiner Angehörigen vorstellen, als sie, durch das Klingeln des Doktors aus dem Schlaf geweckt, mich in diesem Zustand sahen. Der armen Annie hier und meiner Mutter brach fast das Herz. Doktor Ferrier hatte von dem Polizisten auf der Bahn gerade genug erfahren, um einigermaßen erklären zu können, was vorgefallen sei, und sein Bericht war wenig geeignet, die Gemüter zu beruhigen. Jedenfalls war eine lange Krankheit bei mir im Anzug; Josef musste daher rasch aus seinem freundlichen Schlafzimmer im Erdgeschoss ausziehen, das in ein Krankenzimmer umgewandelt wurde. Mehr als neun Wochen habe ich hier bewusstlos und in Fieberraserei an einer Gehirnentzündung darniedergelegen. Nur dem Doktor und Miss Harrison verdanke ich es, wenn ich noch am Leben bin. Sie hat mich den Tag über gepflegt, und eine gemietete Wärterin wachte des Nachts bei mir; ich war gänzlich unzurechnungsfähig, man konnte mir alles zutrauen. Nur langsam wich meine Geistesumnachtung, und erst in den letzten drei Tagen ist mein Gedächtnis wieder ganz zurückgekehrt. Ach, ich wünsche manchmal, dass ich überhaupt nicht wieder zum Bewusstsein erwacht wäre! Gleich zuerst telegrafierte ich an Forbes, der den Fall in Händen hat. Er kam und versicherte mir, es sei alles Mögliche geschehen, doch habe man nicht die geringste Spur entdeckt. Der Türhüter und seine Frau waren wiederholt ins Verhör genommen worden, ohne dass dadurch Licht in das Dunkel kam. Auch der Verdacht der Polizei gegen den jungen Gorot erwies sich als hinfällig. Dass er nach den Geschäftsstunden im Büro geblieben war und einen französischen Namen trug, hatte den Argwohn auf ihn gelenkt. Doch ist er, obgleich aus einer Hugenottenfamilie stammend, mit Leib und Seele Engländer, auch hatte ich ja erst die Arbeit begonnen, als er fort war. – Auf Ihnen, Mr. Holmes, ruht jetzt meine letzte Hoffnung; versagt auch diese, dann habe ich mein Ansehen und meine Stellung in der Welt auf immer verloren.«

Erschöpft von dem langen Bericht, sank der Kranke wieder in die Kissen, und seine Pflegerin beeilte sich, ihm eine Stärkung zu reichen. Holmes saß mit geschlossenen Augen und zurückgelehntem Kopf still da; einem Fremden wäre er vielleicht teilnahmslos erschienen, aber ich erkannte an seiner ganzen Haltung, dass er vollständig in den Fall vertieft war.

»Ihre Angaben sind so ausführlich gewesen«, sagte er endlich, »dass ich nur noch wenige Fragen zu stellen habe. Ein Umstand erscheint mir jedoch besonders wichtig: Haben Sie irgend jemand mitgeteilt, dass Ihnen diese geheime Arbeit anvertraut war?«

»Keinem Menschen.«

»Zum Beispiel, auch nicht Miss Harrison hier?«

»Nein, nachdem mir der Auftrag erteilt wurde, bin ich bis zu seiner Ausführung nicht in Woking gewesen.«

»Und es hat Sie auch keiner Ihrer Angehörigen zufällig besucht?«

»Niemand.«

»Aber Ihre Verwandten hätten sich in dem Gebäude zurecht finden können?«

»Oh ja, sie haben es alle gelegentlich besichtigt.«

»Wenn Sie niemand etwas von dem Vertrag gesagt haben, so sind das natürlich ganz müßige Fragen.«

»Ich habe nicht davon gesprochen.«

»Wissen Sie etwas Näheres über den Türhüter?«

»Nur, dass er ein alter Soldat ist.«

»Von welchem Regiment?«

»Ich glaube, er stand bei der Garde.«

»Gut – darüber kann mir Forbes gewiss noch genauer berichten. Die Polizei versteht sich trefflich darauf, Tatsachen zu ermitteln, nur weiß sie nicht immer Nutzen daraus zu ziehen. – Oh, was für eine schöne Rose!« Mit diesem Ausruf ging er an dem Lager des Kranken vorbei und trat ans Fenster, um eine abgeschnittene Moosrose zu betrachten, deren zartes Rot reizend von dem Grün der Blätter abstach. Dass er sich für Blumen interessierte, war mir ganz neu; jedenfalls hatte er mir seine Freude daran noch nie gezeigt.

»Mir scheint, die Deduktion ist nirgends so sehr am Platz«, sagte er, sich an das Fensterkreuz lehnend, »als in der Religion. Diese lässt sich durch Vernunftschlüsse entwickeln, wie eine exakte Wissenschaft. Als unsere sicherste Bürgschaft für die Güte der Vorsehung gelten mir die Blumen. Alles andere – unsere Kräfte, unsere Triebe, unsere Nahrung – ist zum Leben absolut notwendig. Doch diese Rose ist etwas Apartes. Ihr Duft, ihre Farbe, dient nicht zu Erhaltung, sondern zum Schmuck des Daseins. Nun wissen wir aber, dass es nur die Güte ist, welche Extrafreuden gewährt, und deshalb sage ich, dass die Blumen ein verheißungsvolles Unterpfand für mich sind.«

Während Holmes diese Betrachtungen anstellte, malte sich in Percy Phelps' Gesicht und in den Mienen seiner Pflegerin große Verwunderung und Enttäuschung. Er hielt noch immer die Rose in der Hand und schien in Sinnen versunken. Endlich weckte ihn das Fräulein aus seiner Träumerei. »Haben Sie irgend welche Aussicht, dem Geheimnis auf den Grund zu kommen, Mr. Holmes?«, fragte sie mit etwas scharfem Ton.

»Ja so – das Geheimnis!« Er war plötzlich wieder in die Wirklichkeit zurückgekehrt. »Es lässt sich keineswegs leugnen, dass der Fall höchst sonderbar und verwickelt ist, doch verspreche ich Ihnen, dass ich die Sache untersuchen und Sie davon in Kenntnis setzen will, wenn ich etwas Wesentliches entdecke.«

»Haben Sie irgend welche Anhaltspunkte gefunden?«

»Sie haben mir deren sieben geliefert, aber ich muss sie natürlich erst prüfen, ehe ich sagen kann, ob sie etwas taugen.«

»Haben Sie Argwohn gegen jemand?«

»Ja, gegen mich selbst —«

»Was? —«

»Ich fürchte, vorschnelle Schlüsse zu ziehen.«

»Dann gehen Sie nach London, um Ihre Anhaltspunkte zu prüfen.«

»Ein sehr guter Rat, mein Fräulein«, sagte Holmes und stand auf. »Ich glaube, wir können nichts Besseres tun, Watson. Überlassen Sie sich keinen falschen Hoffnungen, Mr. Phelps; die Angelegenheit ist sehr verwickelt.«

»Ich werde in fieberhafter Unruhe sein, bis ich Sie wiedersehe«, sagte der junge Diplomat seufzend.

»Erwarten Sie mich morgen mit demselben Zuge; ich will kommen, auch wenn ich nur negative Ergebnisse zu melden habe.«

»Gott segne Sie für Ihr Versprechen«, rief unser Klient. »Schon der Gedanke, dass etwas in der Sache geschieht, gibt mir neues Leben. – Was ich noch sagen wollte: Lord Holdhurst hat mir geschrieben!«

»So? Und wie äußerte er sich?«

»Sein Brief ist kühl, aber nicht unfreundlich. Wahrscheinlich hat ihn meine lange Krankheit milde gestimmt. Er wiederholt, dass die Sache von größter Wichtigkeit ist, doch werde man keine Schritte betreffs meiner Zukunft tun – er meint natürlich die Entlassung aus dem Staatsdienst – bis meine Gesundheit wiederhergestellt ist und ich Gelegenheit gehabt habe, die Scharte auszuwetzen.«

»Nun, das nenne ich vernünftig und rücksichtsvoll«, sagte Holmes. »Komm jetzt, Watson, wir haben heute in der Stadt noch viel Arbeit vor uns.«

Josef Harrison fuhr uns selbst auf den Bahnhof, und bald sausten wir mit dem Portsmouth-Zug davon. Holmes saß ganz in Gedanken vertieft da und öffnete erst den Mund, als wir über Clapham hinaus waren.

»Es wirkt sehr erheiternd, wenn man auf solcher Hochbahn nach London hineinfährt, wie wir jetzt, und auf die Häuser hinabsieht.«

Ich glaubte, er spräche im Scherz, denn die Aussicht war ganz abscheulich, aber er fuhr unbeirrt fort:

»Sieh nur die großen ziegelroten Häuserviereckе, die über die Schieferdächer emporragen wie Inseln aus einer bleifarbenen See.«

»Das sind die Volksschulen.«

»Die wahren Leuchttürme der Zukunft, mein Junge! Es sind Samenkapseln, von denen jede viele Hunderte von kleinen, lebendigen Körnern enthält, aus denen das bessere, weisere England der Zukunft entsprießen wird. – Was meinst du – ob Mr. Phelps wohl trinkt?«

»Das glaube ich kaum.«

»Ich auch nicht. Aber man muss eben jede Möglichkeit in Betracht ziehen. Der arme Teufel ist in eine tiefe Grube gefallen, und ob wir ihn herausholen können, ist sehr fraglich. – Was hältst du von Miss Harrison?«

»Sie ist ein sehr starker Charakter.«

»Aber auch gut, wenn mich nicht alles täuscht. Sie und ihr Bruder sind die einzigen Kinder eines Hüttenbesitzers irgendwo oben in Northumberland. Phelps hat sich letzten Winter auf der Reise mit ihr verlobt, und sie ist in Begleitung ihres Bruders auf Besuch gekommen, um die Verwandten des Bräutigams kennenzulernen. Als dann der Krach kam, ist sie zur Pflege dageblieben, und Bruder Josef, der sich sehr behaglich fühlte, wollte auch nicht fort. Du siehst, ich habe schon unter der Hand verschiedene Erkundigungen eingezogen. Aber heute müssen wir noch viel zu erfahren suchen.«

»Meine Praxis —«, begann ich.

»Oh, wenn dir deine Fälle mehr am Herzen liegen als meiner —«, unterbrach mich Holmes etwas hitzig.

»Ich wollte nur sagen, dass mich meine Praxis einen oder zwei Tage entbehren kann, da es gerade die flaueste Zeit im Jahr ist.«

»Vortrefflich«, sagte er mit wiedergewonnener guter Laune. »Dann wollen wir die Sache zusammen ergründen. Ich denke, wir suchen zuerst Forbes auf. Er kann uns wahrscheinlich über alle Einzelheiten unterrichten, die wir brauchen, bis sich herausstellt, von welcher Seite der Geschichte eigentlich beizukommen ist.«

»Hattest du nicht schon einen Anhaltspunkt?«

»Sogar mehrere. Aber erst bei genauerer Erkundigung wird sich finden, was sie wert sind. Zwecklose Verbrechen lassen sich am Schwersten aufspüren. Doch dieses ist nicht zwecklos. Wer könnte Nutzen daraus ziehen? – Der französische Gesandte, der russische Gesandte und jeder, der einem von beiden den Vertrag verkauft, ferner Lord Holdhurst.«

»Lord Holdhurst?«

»Unmöglich ist es nicht, dass ein Staatsmann einmal in eine Lage gerät, die es ihm wünschenswert erscheinen lässt, wenn ein solches Schriftstück durch Zufall vernichtet wird.«

»Aber kein Ehrenmann wie Lord Holdhurst.«

»Ich spreche nur von einer Möglichkeit, die wir nicht aus den Augen lassen dürfen. Wir werden den edlen Lord noch heute sehen und erfahren, ob er uns etwas mitzuteilen hat. Inzwischen habe ich schon allerlei Schritte getan.«

»Schon jetzt?«

»Ja, ich habe auf dem Bahnhof in Woking an die Zeitungsredaktionen in London telegrafiert. Diese Anzeige hier wird in den Abendblättern erscheinen.«

Er reichte mir ein Blatt, das aus einem Notizbuch herausgerissen war und folgende, mit Bleistift gekritzelte Worte enthielt:

»Zehn Pfund Belohnung – Für Angabe der Nummer derjenigen Droschke, welche einen Fahrgast an der Tür des Ministeriums des Äußeren in der Charles Street oder nicht weit davon um dreiviertel auf zehn Uhr am Abend des 23. Mai abgesetzt hat. Näheres Baker Street 221b.«

»Du glaubst also, dass der Dieb in einer Droschke vorgefahren ist?«

»Ich kann mich irren, doch das schadet nichts. Wenn, wie Phelps versichert, weder im Zimmer noch auf dem Gang ein Versteck ist, so kann der Dieb nur von außen gekommen sein. Kam er aber bei so nassem Wetter von der Straße, ohne auf dem Linoleum, das bald nachher besichtigt wurde, Fußspuren zu hinterlassen, so hat er höchstwahrscheinlich eine Droschke benutzt. Ja, mir scheint, man kann mit Sicherheit auf eine Droschke schließen.«

»Du wirst wohl recht haben.«

»Das ist einer der Punkte, von denen ich sprach; vielleicht erfolgt etwas auf die Anzeige. Ferner die Glocke – sie spielt die bedeutsamste Rolle bei der Sache. Warum ist sie geläutet worden? Hat es der Dieb in frechem Übermut getan? Oder war jemand bei ihm, der dadurch das Verbrechen vereiteln wollte? Geschah es aus Zufall? Oder könnte es –?« Er versank wieder ganz in Nachdenken wie zuvor; mir aber, der ich jede seiner Stimmungen so genau kenne, wollte es fast scheinen, als sei ihm plötzlich eine neue Möglichkeit aufgegangen.

Gegen halb vier Uhr erreichten wir die Endstation, speisten rasch im Bahnhofsrestaurant und fuhren sofort aufs Polizeiamt. Holmes hatte schon dorthin telegrafiert, und Forbes erwartete uns. Der kleine Mann bereitete uns einen sehr frostigen Empfang, sobald er hörte, was wir von ihm wollten; sein scharfes Fuchsgesicht nahm einen wenig liebenswürdigen Ausdruck an.

»Ich habe schon von Ihrer Methode gehört, Mr. Holmes«, sagte er mit spitzem Ton. »Erst lassen Sie sich von der Polizei alle Auskunft geben, über die sie verfügt, und führen dann die Angelegenheit auf eigene Faust weiter, um die Beamten in Misskredit zu bringen.«

»Im Gegenteil«, versetzte Holmes, »nur in vier Fällen von den letzten dreiundfünfzig, bei denen ich beteiligt war, ist mein Name überhaupt genannt worden; bei den übrigen neunundvierzig Fällen hatte man alles Verdienst der Polizei zugeschrieben. Sie können das nicht wissen, denn Sie sind noch jung und unerfahren; wollen Sie aber vorwärts kommen in Ihrem neuen Beruf, so werden Sie gut tun, gemeinsame Sache mit mir zu machen, anstatt mir entgegen zu handeln.«

»Einige Winke wären mir sehr willkommen«, sagte der Geheimpolizist in verändertem Ton. »Bis jetzt habe ich allerdings keine Lorbeeren bei dem Fall geerntet.«

»Was für Schritte haben Sie getan?«

»Wir haben den Türhüter Tangey überwacht. Bei der Garde hat er sich nichts zuschulden kommen lassen, und es liegt nichts gegen ihn vor. Seine Frau ist aber eine schlechte Person. Vermutlich weiß sie mehr von der Sache, als es den Anschein hat.«

»Ist sie beobachtet worden?«

»Eine Polizistin hat ein Auge auf sie. Mrs. Tangey ist dem Trunk ergeben, und unsere Angestellte hat ihr zweimal Gesellschaft geleistet, bis ihr der Branntwein die Zunge löste, doch bekam sie nichts aus ihr heraus.«

»Ich hörte, dass der Gerichtsvollzieher bei den Leuten im Hause war.«

»Ja, aber sie haben Zahlung geleistet.«

»Woher kam das Geld?«

»Das ging ganz mit rechten Dingen zu. Er hatte seine Pension zu fordern. Nichts deutet darauf hin, dass sie andere Mittel besitzen.«

»Weshalb ist sie heraufgekommen, als Phelps nach dem Kaffee klingelte? Welchen Grund gibt sie dafür an?«

»Sie sagt, ihr Mann wäre sehr müde gewesen; sie hätte ihm helfen wollen.«

»Das stimmt zu dem Umstand, dass er bald darauf im Stuhl eingeschlafen ist.«

»Es liegt also nichts gegen die Leute vor, außer, dass die Frau in schlechtem Ruf steht.«

»Warum ist sie an jenem Abend in so großer Eile davongegangen, dass es dem Schutzmann aufgefallen ist?«

»Sie hatte sich verspätet und wollte rasch nach Hause kommen.«

»Mr. Phelps und Sie sind wenigstens zwanzig Minuten nach ihr fortgefahren, und doch waren Sie vor ihr dort; wie erklärt sie das?«

»Ein Omnibus fährt um so viel langsamer als die Droschke.«

»Weshalb ist sie aber gleich so eilig in die Küche gelaufen?«

»Weil sie dort das Geld für den Gerichtsvollzieher verwahrt hatte.«

»Sie ist wenigstens um keine Antwort verlegen. Haben Sie sie gefragt, ob ihr nicht, als sie das Haus verließ, irgend jemand in der Charles Street begegnet ist?«

»Niemand, außer dem Schutzmann.«

»Sie haben ja ein recht gründliches Kreuzverhör mit ihr angestellt. Ist sonst noch etwas seitens der Polizei geschehen?«

»Der Schreiber Corot ist seit neun Wochen genau beobachtet worden, aber ohne Erfolg. Wir können ihm nichts nachweisen.«

»Ist das alles?«

»Ja – es hat sich kein neuer Anhaltspunkt gefunden – keine Verdachtsgründe irgendwelcher Art.«

»Was ist Ihre Ansicht über das Läuten der Glocke?«

»Ich gestehe, das geht über mein Verständnis. Der Täter muss ein bodenlos frecher Mensch sein, auch noch Lärm zu schlagen.«

»Ja, das ist und bleibt sonderbar. Besten Dank für Ihre Mitteilungen, Mr. Forbes. Wenn ich Ihnen den Mann ausliefern kann, sollen Sie von mir hören. – Aber nun vorwärts, Watson.«

»Wohin jetzt?«, fragte ich, als wir das Polizeibüro verließen.

»Zu Lord Holdhurst, dem großen Staatsmann und künftigen Premierminister von England.«

Es traf sich günstig, dass der Lord noch im Ministerium anwesend war; Holmes gab seine Karte ab, und wir wurden sogleich vorgelassen. Lord Holdhurst empfing uns mit der ihm eigenen altmodischen Verbindlichkeit und bat uns, auf den kostbaren Lehnstühlen Platz zu nehmen, die an beiden Seiten des Kamins standen. Er selbst blieb zwischen uns auf dem Teppich stehen.

»Ein echter Edelmann!«, musste ich denken, als ich seine hohe, schlanke Gestalt, das kluge Gesicht mit den scharfen Zügen, das frühzeitig ergraute lockige Haupthaar – mit einem Wort, seine ganze vornehme Erscheinung sah.

»Ihr Name ist mir sehr wohlbekannt, Mr. Holmes«, sagte er lächelnd. »Und auch über den Zweck Ihres Besuchs bin ich nicht im Zweifel. Außer einem einzigen Vorfall hat sich hier im Ministerium nichts ereignet, was Ihr Interesse in Anspruch nehmen könnte. Darf ich fragen, wer Sie mit der Sache betraut hat?

»Mr. Percy Phelps«, erwiderte Holmes.

»Ach, mein unglücklicher Neffe! Sie begreifen, dass ich schon wegen unseres Verwandtschaftsverhältnisses ganz außerstande bin, ihn in Schutz zu nehmen. Der Vorfall wird ihm in seiner Laufbahn sehr hinderlich sein, fürchte ich.«

»Aber wenn sich das Schriftstück wiederfände?«

»Das würde die Sache freilich ändern.«

»Ich möchte mir erlauben, ein paar Fragen an Sie zu richten, Lord Holdhurst.«

»Wenn ich Ihnen irgendwie behilflich sein kann, werde ich mich glücklich schätzen.«

»War dies das Zimmer, in dem Sie Ihre Anordnungen betreffs der Abschrift des Dokuments gaben?«

»Jawohl.«

»Dann könnten Sie kaum belauscht worden sein.«

»Daran ist nicht zu denken.«

»Haben Sie Ihr Vorhaben, den Vertrag abschreiben zu lassen, gegen irgend jemand erwähnt?«

»Mit keiner Silbe.«

»Sie wissen das ganz bestimmt?«

»Es unterliegt keinem Zweifel.«

»Wenn also weder Mr. Phelps noch Sie sich darüber irgendwie geäußert haben und sonst kein Mensch um die Sache wusste, dann ist der Dieb rein zufällig in das Zimmer gekommen. Die Gelegenheit war ihm günstig, und er benutzte sie.«

Der Staatsmann lächelte. »Das liegt außerhalb meines Bereichs; Sie können Recht haben.«

Holmes überlegte einen Augenblick. »Noch einen anderen wichtigen Punkt möchte ich mit Ihnen besprechen«, sagte er. »Ich höre, Sie fürchteten, das Bekanntwerden dieses Vertrags möchte sehr ernste Folgen nach sich ziehen.«

Ein Schatten flog über Lord Holdhursts ausdrucksvolles Gesicht. »Die allerernstesten Folgen.«

»Und sie sind eingetreten?«

»Noch nicht.«

»Wenn der Vertrag zum Beispiel in das französische oder russische Ministerium des Äußeren gelangt wäre, so würde es Ihnen vermutlich zu Ohren gekommen sein.«

»Das steht zu erwarten«, sagte der Lord mit finsterer Miene.

»Da nun fast zehn Wochen vergangen sind und keine Aussprache erfolgt ist, so dürfen wir mit Fug und Recht annehmen, dass der Vertrag nicht ausgeliefert worden ist.«

Holdhurst zuckte die Achseln. »Es lässt sich kaum denken, Mr. Holmes, dass der Dieb den Vertrag gestohlen hat, um ihn bei sich unter Glas und Rahmen aufzuhängen.«

»Vielleicht wartet er noch, um einen besseren Preis zu erzielen.«

»Wenn er noch lange wartet, wird er nur das leere Nachsehen haben. In wenigen Monaten ist der Vertrag kein Geheimnis mehr.«

»Ein höchst wichtiger Umstand«, sagte Holmes. »Der Dieb könnte ja plötzlich von einer Krankheit befallen worden sein –«

»Zum Beispiel von einer Gehirnentzündung?«, fragte der Staatsmann, ihn mit raschem Blick musternd.

»Das habe ich nicht gesagt«, erwiderte Holmes voll unerschütterlicher Ruhe. »Aber wir dürfen Ihre kostbare Zeit nicht allzu lange in Anspruch nehmen, Lord Holdhurst; erlauben Sie, dass wir uns empfehlen.«

»Ich wünsche Ihrer Untersuchung den besten Erfolg, mag der Verbrecher sein, wer er will«, sagte der Edelmann noch beim Abschied, während er uns bis zur Tür begleitete.

»Ein wackerer Herr«, meinte Holmes, als wir wieder auf der Straße standen; »aber es wird ihm nicht leicht, seine Stellung zu behaupten. Er ist nicht reich, und es werden viele Ansprüche an ihn gestellt. Du hast wohl auch bemerkt, dass er neubesohlte Stiefel trägt. – Nun will ich dich aber nicht länger von deiner eigenen Berufsarbeit abhalten, Watson. Heute unternehme ich sowieso nichts mehr, außer wenn ich Antwort auf meine Droschken-Anzeige erhalte. Einen großen Gefallen könntest du mir aber tun, wenn du mich morgen um dieselbe Zeit nach Woking begleiten wolltest.«

So fuhren wir denn am nächsten Morgen wieder zusammen nach Woking. Es war keinerlei Licht in das Dunkel gekommen, und Holmes hatte keine Nachricht auf seine Anzeige. Seine Gesichtszüge konnten so unbeweglich sein wie die einer indianischen Rothaut, wenn es ihm gut dünkte; auch jetzt war ich außerstande, in seiner Miene zu lesen, ob ihn die Lage der Angelegenheit befriedigte oder nicht. Unsere Unterhaltung drehte sich, soviel ich mich erinnere, um Bertillons treffliches Messungssystem, und er rühmte das Verdienst dieses französischen Gelehrten in begeisterten Worten.

Wir fanden unsern Klienten noch in der Pflege seiner getreuen Wärterin; er sah jedoch weit besser aus als tags zuvor. Bei unserem Eintritt stand er vom Sofa auf und begrüßte uns lebhaft.

»Was bringen Sie mir?«, fragte er begierig.

»Nur Negatives, wie sich voraussehen ließ«, erwiderte Holmes. »Ich habe Forbes gesprochen, Ihren Onkel besucht und verschiedene Erkundigungen eingezogen, die zu etwas führen könnten.«

»Sie haben also nicht den Mut verloren?«

»Durchaus nicht.«

»Gottlob, dass Sie das sagen«, rief Miss Harrison. »Wenn wir nur Geduld behalten und die Hoffnung nicht aufgeben, muss die Wahrheit ja doch zuletzt an den Tag kommen.«

»Wir können Ihnen mehr mitteilen als Sie uns«, meinte Phelps, der wieder auf seinem Lager Platz genommen hatte.

»So – das ist mir lieb.«

»Ich habe heute Nacht ein Abenteuer erlebt, das recht schlimm hätte ausfallen können.« Seine Miene wurde sehr ernst, und in seinen Augen war förmliche Angst zu lesen. »Wissen Sie«, fuhr er fort, »ich fange wirklich an zu glauben, dass ich der Zielpunkt einer gefährlichen Verschwörung bin. Nicht genug, dass man mir die Ehre abgeschnitten hat, jetzt trachtet man mir auch nach dem Leben.«

»Wahrhaftig?!«, rief Holmes.

»Es klingt unglaublich; meines Wissens habe ich auf der Welt keinen Feind. Aber nach der Erfahrung der letzten Nacht muss ich das Gegenteil annehmen.«

»Oh bitte, erzählen Sie!«

»Das will ich, doch müssen Sie vor allem wissen, dass ich letzte Nacht zum ersten Mal keine Wärterin bei mir im Zimmer hatte. Ich fühlte mich so viel wohler, dass ich glaubte, sie nicht mehr zu brauchen; doch ließ ich mein Nachtlicht brennen. Gegen zwei Uhr morgens lag ich eben in leichtem Schlummer, als ein schwaches Geräusch mich weckte. Es klang, als ob eine Maus am Holzwerk nage. Eine Weile lag ich da und horchte, dann wurde der Ton lauter, und vom Fenster her kam ein scharfes, metallisches Klirren. Entsetzt fuhr ich empor. Was das Geräusch zu bedeuten hatte, war jetzt klar. Die schwächeren Töne rührten von einem Werkzeug her, das in den Schlitz zwischen die Fensterläden hineingepresst wurde, und dann hatte sich der Riegel in die Höhe geschoben.

Nun blieb etwa zehn Minuten alles still, als warte der Draußenstehende, ob der Lärm mich aufgeweckt habe. Dann vernahm ich ein leises Knarren, und das Fenster wurde vorsichtig geöffnet. Länger ertrug ich die Spannung nicht; meine Nerven sind noch nicht so stark wie früher. Ich sprang aus dem Bett und stieß den Laden auf. Ein Mann kauerte vor dem Fenster. Ich konnte nur wenig von ihm sehen, denn er floh davon wie der Blitz. Er war ganz in einen Mantel gewickelt, der den unteren Teil seines Gesichts verhüllte. Eins nur weiß ich mit Bestimmtheit, nämlich, dass er eine Waffe in der Hand trug; wahrscheinlich ein langes Messer, ich sah deutlich die funkelnde Klinge, als er sich zur Flucht wandte.«

»Das ist ja höchst interessant«, sagte Holmes; »und was taten Sie dann?«

»Wäre ich stärker gewesen, so würde ich ihm durch das offene Fenster nachgesprungen sein. So aber musste ich mich begnügen, das Haus wach zu klingeln. Das dauerte einige Zeit, da die Glocke in der Küche hängt und die Dienerschaft im oberen Stock schläft. Auf mein Schreien nach Hilfe kam jedoch Josef herbei und weckte die übrigen. Josef und der Stallknecht fanden Fußtritte in dem Blumenbeet unter dem Fenster, aber auf dem Rasen ließ sich keine Spur verfolgen, die Witterung ist in letzter Zeit zu trocken gewesen. An dem hölzernen Zaun nach der Straße zu fand sich aber eine Stelle, die aussieht, als sei man dort übergestiegen; das Staket ist oben abgebrochen. Noch habe ich der Ortspolizei keine Anzeige gemacht, da ich es für besser hielt, erst Ihre Ansicht zu hören.«

Die Erzählung unseres Klienten schien auf Sherlock Holmes einen großen Eindruck zu machen. Er stand von seinem Sitz auf und ging in starker Erregung im Zimmer hin und her.

»Ein Unglück kommt selten allein«, sagte Phelps lächelnd, obgleich man ihm wohl ansehen konnte, dass der nächtliche Überfall ihn stark mitgenommen hatte.

»Das trifft bei Ihnen wirklich zu«, meinte Holmes. »Wären Sie wohl imstande, mit mir um das Haus herumzugehen?«

»Oh ja, etwas Sonnenschein würde mir gut tun. Josef wird uns begleiten.«

»Auch ich will mitgehen«, sagte Miss Harrison.

»Ich fürchte, das kann ich nicht gestatten«, versetzte Holmes kopfschüttelnd. »Bitte, bleiben Sie hier sitzen, gerade wo Sie sind.«

Die junge Dame nahm mit etwas unzufriedener Miene ihren Platz wieder ein. Ihr Bruder gesellte sich jedoch zu uns, und wir vier gingen miteinander um den Rasenplatz vor dem Fenster des jungen Diplomaten. Die Fußspuren auf dem Blumenbeet waren ganz undeutlich und verwischt. Holmes beugte sich einen Augenblick nieder, um sie zu betrachten, richtete sich aber gleich wieder achselzuckend empor.

»Daraus könnte wohl niemand klug werden«, sagte er. »Lassen Sie uns um das Haus herumgehen und überlegen, warum der Einbrecher gerade dieses Zimmer gewählt hat. Die größeren Fenster im Wohnzimmer und Speisezimmer wären doch besser für seinen Zweck gewesen.«

»Aber sie sind sichtbarer von der Straße aus«, warf Josef Harrison ein.

»Ja so, natürlich. Die Tür dort hätte er aber aufbrechen können. Wohin führt sie?«

»Es ist die Hintertür für Lieferanten und Dienerschaft. Nachts wird sie regelmäßig verschlossen.«

»Ist schon früher hier einmal eingebrochen worden?«

»Nein, nie«, antwortete Phelps.

»Haben Sie viel Silberzeug im Hause oder andere Kostbarkeiten, von denen die Diebe angelockt werden?«

»Keine Wertgegenstände.«

Holmes schlenderte mit den Händen in den Taschen herum; er trug ein nachlässiges Wesen zur Schau, das ihm sonst fremd war.

»Sie sollen ja den Platz gefunden haben, wo der Kerl über den Zaun gestiegen ist«, wandte er sich an Josef Harrison. »Wir wollen uns das noch einmal ansehen.«

Der junge Mann führte uns an eine Stelle, wo der obere Teil des Stakets abgebrochen war. Ein Stück davon hing noch herunter. Holmes brach es ab und untersuchte es prüfend.

»Glauben Sie, dass das vergangene Nacht geschehen ist? Mir scheint, es ist ein alter Schaden.«

»Das kann wohl sein.«

»Auch sieht man drüben keine Spur, dass jemand über den Zaun gesprungen ist. Nein, das wird uns wenig helfen. Lassen Sie uns jetzt in das Haus zurückgehen und die Angelegenheit miteinander besprechen.«

Percy Phelps ging sehr langsam, auf den Arm seines künftigen Schwagers gelehnt, während ich mit Holmes rasch über den Rasen schritt, so dass wir vor dem offenen Fenster des Schlafzimmers standen, ehe noch die anderen in unsere Nähe kamen.

»Miss Harrison«, sagte Holmes sehr eindringlich und mit großem Nachdruck, »Sie müssen den ganzen Tag über bleiben, wo Sie sind. Lassen Sie sich durch nichts von der Stelle vertreiben. Es ist von der allerhöchsten Wichtigkeit.«

»Gewiss, wenn Sie es wünschen, Mr. Holmes«, erwiderte das Fräulein verwundert.

»Wenn Sie zu Bett gehen, bitte ich Sie, die Tür von außen zu verschließen und den Schlüssel mitzunehmen. Geben Sie mir Ihr Wort darauf?«

»Aber Percy –?«

»Er fährt mit uns nach London.«

»Und ich soll hier bleiben?«

»Ja, um seinetwillen. Sie leisten ihm einen Dienst. Rasch! Versprechen Sie es mir!«

Sie nickte zustimmend, gerade als die beiden anderen herankamen.

»Warum sitzest du hier und fängst Grillen, Annie? Komm heraus in den Sonnenschein!«, rief ihr Bruder.

»Nein, danke, Josef. Ich habe etwas Kopfweh, und die Kühle und Ruhe hier im Zimmer sind mir eine Wohltat.«

»Was würden Sie jetzt vorschlagen, Mr. Holmes?«, fragte unser Klient.

»Wir dürfen über diesem untergeordneten Fall die Hauptsache nicht aus den Augen lassen. Es wäre mir eine große Hilfe, wenn Sie mit uns nach London kommen könnten.«

»Sofort?«

»Ja, das heißt, so rasch es sich einrichten lässt. Etwa in einer Stunde.«

»Ich fühle mich stark genug dazu, wenn ich Ihnen wirklich nützen kann.«

»Ohne allen Zweifel.«

»Vielleicht möchten Sie, dass ich über Nacht dort bleibe?«

»Das wollte ich Ihnen gerade vorschlagen.«

»Wenn dann mein Freund seinen nächtlichen Besuch wiederholen will, findet er den Vogel ausgeflogen. – Wir geben uns ganz in Ihre Hände, Mr. Holmes. Sie brauchen nur zu sagen, was geschehen soll. Wünschen Sie vielleicht, dass Josef mitkommt, um für mich zu sorgen?«

»Oh nein; mein Freund Watson ist Arzt, wie Sie wissen, und wird sich Ihrer annehmen. Wenn es Ihnen recht ist, frühstücken wir erst hier und fahren dann alle drei zusammen nach der Stadt.«

Alles wurde eingerichtet, wie er es wollte. Miss Harrison erschien nicht bei der Mahlzeit. Sie durfte nach Holmes' Anordnung das Zimmer nicht verlassen. Was der Zweck aller dieser Veranstaltungen war, begriff ich nicht; ich konnte mir nur denken, dass mein Freund die junge Dame von Phelps trennen wollte, der voll Freude über seine wiederkehrende Gesundheit und

Tatkraft mit uns im Esszimmer frühstückte. Die größte Überraschung erwartete uns indessen noch, als Holmes mit auf den Bahnhof ging, uns beim Einsteigen in den Zug behilflich war und dann ruhig erklärte, er habe nicht die Absicht, Woking zu verlassen.

»Ehe ich fortgehe, muss ich erst noch über einige Kleinigkeiten ins Reine kommen«, sagte er. »In gewisser Hinsicht wird mir das durch Ihre Abwesenheit erleichtert, Mr. Phelps. – Du tust mir wohl den Gefallen, Watson, sobald ihr in London angekommen seid, mit unserem Freunde nach der Baker Street zu fahren und bei ihm zu bleiben, bis ich zu euch komme. Es trifft sich gut, dass ihr alte Schulkameraden seid und mancherlei Erinnerungen zu besprechen haben werdet. Mr. Phelps kann in deinem ehemaligen Zimmer schlafen, und morgen werde ich mich rechtzeitig zum Frühstück einstellen; um acht Uhr ist der Zug auf der Waterloo Station.«

»Aber was wird denn aus unserer Nachforschung in London?«, fragte Phelps betrübt.

»Die können wir morgen vornehmen. Ich glaube, dass ich im Augenblick hier von größerem Nutzen bin.«

»Sagen Sie, bitte, in Brierbrae, dass ich hoffe, morgen Abend wieder daheim zu sein«, rief Phelps, als sich der Zug schon in Bewegung setzte.

»Ich werde schwerlich in Brierbrae vorsprechen«, gab Holmes zurück und winkte uns noch ein Lebewohl zu, als wir zum Bahnhof hinausfuhren.

Wir besprachen diese neue Wendung der Dinge miteinander, Phelps und ich, kamen aber zu keinem befriedigenden Ergebnis.

»Er wird wohl dem nächtlichen Einbrecher nachspüren wollen«, meinte Phelps, »ich meinerseits glaube nicht, dass es ein gewöhnlicher Dieb war.«

»Wie denkst du dir denn den Zusammenhang?«

»Meiner Treu – schreib es meinen schwachen Nerven zu, wenn du willst, aber ich bin überzeugt, dass eine tief angelegte, politische Intrige am Werke ist und dass die Verschwörer mir, aus irgendeinem Grund, der über mein Verständnis geht, nach dem Leben trachten. Die Behauptung klingt anmaßend und abgeschmackt, aber betrachte einmal die Tatsachen: Weshalb sollte der Dieb versuchen, in ein Schlafzimmer einzusteigen, wo er auf keine Beute hoffen darf – und wozu trug er ein Dolchmesser in der Hand?«

»War es denn nicht etwa ein Stemmeisen, um damit einzubrechen?«

»Nein, nein – ich habe die Klinge blitzen sehen.«

»Wer sollte dich aber mit solcher Feindseligkeit verfolgen?«

»Ja, das ist mir ein Rätsel.«

»Möglich, dass Holmes deine Ansicht teilt; es würde sein Verfahren erklären. Wenn diese Annahme richtig ist und er des Menschen habhaft wird, der dich letzte Nacht bedrohte, so wäre damit schon ein großer Schritt geschehen, um ausfindig zu machen, wer den Marine-Vertrag gestohlen hat. Dass du zwei Feinde haben solltest, von denen dich der eine bestiehlt, während der andere dir nach dem Leben trachtet, lässt sich schwerlich annehmen.«

»Aber Mr. Holmes versicherte ja, er ginge nicht nach Brierbrae.«

»Ich kenne ihn schon seit geraumer Zeit«, sagte ich, »und weiß, dass er nichts ohne guten Grund tut.«

Unsere Unterhaltung drehte sich nun um andere Dinge. Phelps fühlte sich recht schwach nach der langen Krankheit, und sein Missgeschick machte ihn reizbar und ungeduldig. Vergebens bemühte ich mich, ihn für meine Erlebnisse in Afghanistan und Indien zu interessieren oder allerlei soziale Fragen mit ihm zu besprechen. Er ließ sich nicht zerstreuen und auf andere Gedanken bringen, sondern kam immer wieder auf den gestohlenen Vertrag zurück. Was wohl Holmes täte, welche Maßregeln Lord Holdhurst ergreifen werde, was uns der nächste Morgen bringen könne – diese und ähnliche Fragen beschäftigten ihn ohne Unterlass. Im weiteren Verlauf des Abends nahm seine Erregung in peinlichstem Grade zu.

»Du meinst also, man kann sich fest auf Holmes verlassen?«, fragte er.

»Ich habe schon merkwürdige Dinge mit ihm erlebt.«

»Aber er hat doch wohl noch nie ein so dunkles Geheimnis enträtselt?«

»Oh ja, er hat schon Fälle aufgeklärt, die noch weniger Anhaltspunkte boten als der deinige.«

»Aber so wichtige Interessen standen wohl nicht auf dem Spiel?«

»Vielleicht doch. Ich weiß, dass er für drei regierende europäische Herrscherhäuser in sehr verwickelten Sachen tätig war.«

»Also du kennst ihn genau, Watson? Er hat ein so unergründliches Wesen, dass man nie weiß, wie man mit ihm daran ist. Glaubst du, dass er die Aussichten für gut hält? Hofft er wohl auf Erfolg?«

»Er hat nichts darüber gesagt.«

»Das ist ein schlechtes Zeichen.«

»Im Gegenteil, meistens gesteht er es offen ein, falls er die Spur verliert. Am schweigsamsten ist er, wenn er eine Fährte gefunden hat und noch zweifelt, ob es auch die rechte sein wird. Aber glaube mir, alter Junge, es nützt nichts, sich über eine Sache aufzuregen, ich bitte dich dringend, jetzt zu Bett zu gehen, damit du ganz bei Kräften bist für alles, was morgen kommen kann.«

Es gelang mir endlich, ihn zu überreden, dass er meinem Rat folgte, obgleich ich wusste, er würde bei seinen erregten Nerven kaum Schlaf finden können. Sein Zustand war sogar ansteckend, denn auch ich wälzte mich die halbe Nacht ruhelos umher und brütete über dem seltsamen Problem. Wozu war Holmes in Woking geblieben? Warum hatte er Miss Harrison gebeten, den ganzen Tag über das Krankenzimmer nicht zu verlassen? Weshalb war ihm so viel daran gelegen, dass man in Brierbrae nichts von seiner Anwesenheit wusste? – Ich zermarterte mein Hirn, bis ich endlich über dem Bemühen eine Erklärung zu finden, welche Antwort auf alle diese Fragen gab, in Schlaf versank.

Es war sieben Uhr, als ich erwachte, und ich eilte sofort zu Phelps, den ich sehr matt und angegriffen fand nach der durchwachten Nacht. Seine erste Frage war, ob Holmes schon da sei.

»Er wird zu der versprochenen Zeit kommen«, sagte ich, »keinen Augenblick früher oder später.«

Was ich behauptete, ging in Erfüllung, denn kurz nach acht Uhr kam eine Droschke rasch vorgefahren, und mein Freund stieg aus. Am Fenster stehend bemerkten wir, dass seine linke Hand verbunden war, auch sah er sehr bleich und ernsthaft aus. Er trat ins Haus, doch dauerte es eine Weile, bis er die Treppe heraufkam.

»Ganz wie ein Besiegter«, klagte Phelps.

Ich musste ihm recht geben. »Wahrscheinlich werden wir doch noch suchen müssen, die Sache hier in der Stadt zu erforschen«, äußerte ich. Phelps seufzte schwer.

»Ich weiß nicht, weshalb«, sagte er, »aber ich hatte so große Hoffnungen auf seine Rückkehr gebaut. Übrigens trug er gestern die Hand noch nicht in der Binde. Es muss also etwas geschehen sein.«

»Du bist doch nicht verwundet, Holmes?«, fragte ich, als mein Freund eintrat.

»Unsinn – nur eine Schramme; meine eigene Ungeschicklichkeit ist schuld daran«, versetzte er und nickte uns seinen Morgengruß zu. »Das muss ich sagen, Mr. Phelps, Ihre Sache ist eine der dunkelsten, die ich je unter den Händen gehabt habe.«

»Ich fürchtete gleich, sie würde über Ihre Kräfte gehen.«

»Jedenfalls ein merkwürdiges Erlebnis.«

»Deine Binde lässt auf ein Abenteuer schließen. Willst du uns nicht sagen, was dir zugestoßen ist?«

»Nach dem Frühstück, mein lieber Watson. Vergiss nicht, dass ich heute früh schon dreißig Meilen weit in der frischen Luft von Surrey gefahren bin. Ist etwa eine Antwort auf meine Droschken-Anzeige gekommen? – Nein? – Nun, man kann auch nicht immer den Nagel auf den Kopf treffen.«

Der Tisch war schon gedeckt, und eben wollte ich klingeln, als Mrs. Hudson mit Tee und Kaffee hereinkam. Einige Minuten später brachte sie ein paar zugedeckte Schüsseln, und wir nahmen am Tisch Platz, Holmes hungrig wie ein Rabe, ich sehr gespannt und Phelps in der düstersten Stimmung.

»Mrs. Hudson hat sich selbst übertroffen«, sagte Holmes, den Deckel von einem Hühnerfrikassee abhebend. »Ihre Küche ist zwar beschränkt, aber sie weiß doch, was zu einem guten Frühstück gehört. – Was hast du da, Watson?«

»Schinken und Eier«, antwortete ich.

»So? Soll ich Ihnen vorlegen, Mr. Phelps, oder wollen Sie selbst zulangen?«

»Danke, ich kann nichts essen.«

»Ach, was! Versuchen Sie es einmal mit der Schüssel, die vor Ihnen steht.«

»Nein, ich muss wirklich danken.«

»Nun«, sagte Holmes mit listigem Augenblinzeln, »dann darf ich Sie wohl bitten, mir etwas davon zu geben.«

Phelps hob den Deckel in die Höhe, stieß einen Schrei aus und starrte mit kreideweißem Gesicht die Schüssel an. Mitten darauf lag eine Rolle von blaugrauem Papier. Er griff danach, verschlang sie mit den Augen, drückte sie an sein Herz, tanzte damit im Zimmer herum und jubelte laut vor Entzücken. Dann sank er in den Lehnstuhl zurück und war so erschöpft und matt vor Gemütsbewegung, dass wir ihm ein paar Löffel Branntwein einflößen mussten, damit er nur nicht in Ohnmacht fiele.

»Nur ruhig, ruhig«, sagte Holmes, ihm auf die Schulter klopfend. »Es war recht schlecht von mir, Sie so damit zu überraschen. Aber Watson wird Ihnen sagen, dass ich nie widerstehen kann, wenn es sich um eine dramatische Wirkung handelt.«

Phelps ergriff seine Hand, die er gerührt an die Lippen führte. »Gottes Segen über Sie«, rief er, »Sie haben meine Ehre gerettet.«

»Meine eigene Ehre stand ja auch auf dem Spiel«, erwiderte Holmes; »mir ist ein Misserfolg gerade so empfindlich wie Ihnen ein Pflichtversäumnis.«

Phelps barg das kostbare Schriftstück in seiner inneren Rocktasche.

»Ich finde es grausam, Sie noch länger beim Frühstück zu stören«, sagte er, »und doch vergehe ich fast vor Ungeduld zu erfahren, wo das Papier war und wie Sie es entdeckt haben.«

Mein Freund goss rasch eine Tasse Kaffee hinunter und machte sich über die Eier und den Schinken her. Dann stand er auf, zündete seine Pfeife an und nahm im Lehnstuhl Platz.

»Ich will euch sagen, was ich zuerst tat, und wie alles nachher ausgefallen ist«, begann er. »Nachdem euer Zug fort war, machte ich einen wunderhübschen Spaziergang in der reizenden Umgegend, bis zum Dörfchen Ripley, wo ich im Wirtshaus Tee trank und mir in weiser Vorsicht die Weinflasche füllen und ein paar belegte Brötchen einwickeln ließ. Bis zum Abend blieb ich dort und ging dann nach Woking zurück; bald nach Sonnenuntergang befand ich mich auf der Landstraße bei Brierbrae. Die Straße ist wohl nie sehr besucht, doch wartete ich, bis sie ganz menschenleer war, und kletterte dann über den Zaun in den Garten.«

»War denn das Tor nicht offen?«, sagte Phelps verwundert.

»Freilich, aber ich habe in diesen Dingen meinen eigenen Geschmack. Ich wählte die Stelle, wo die drei Tannen stehen, und in ihrem Schutz gelangte ich hinüber, ohne dass mich jemand vom Haus her sehen konnte. Ich kauerte mich drinnen unter die Büsche und kroch von einem zum anderen – die Knie meiner

Beinkleider können davon Zeugnis geben – bis ich das Rhododendrongebüsch Ihrem Schlafzimmerfenster gegenüber erreicht hatte. Da legte ich mich auf die Erde und wartete der Dinge, die da kommen sollten.

Der Vorhang in Ihrem Zimmer war nicht geschlossen, und ich konnte Miss Harrison sehen, die lesend am Tisch saß. Um ein Viertel auf elf klappte sie ihr Buch zu und zog sich zurück. Ich hörte sie die Tür zumachen und war überzeugt, dass sie den Schlüssel im Schloss umgedreht und zu sich gesteckt hatte.«

»Den Schlüssel?«, fragte Phelps.

»Ja, ich hatte das Fräulein gebeten, die Tür von außen zu verschließen und den Schlüssel mitzunehmen, wenn sie zu Bett ging. Sie hatte alle meine Anordnungen aufs Pünktlichste ausgeführt; ohne ihre Hilfe würden Sie jetzt schwerlich das Schriftstück in der Rocktasche haben. – Sie entfernte sich, die Lichter im Hause erloschen, und ich blieb in dem Gebüsch auf der Erde liegen. Die Luft war warm, aber die Nachtwache war doch recht ermüdend. Natürlich empfand ich auch eine Art Aufregung dabei, wie sie der Jäger fühlt, der am Waldloch liegt und auf das Hochwild lauert. Die Kirchenuhr in Woking schlug die Viertelstunden an, und ich glaubte mehr als einmal, sie müsse stehen geblieben sein. Endlich, gegen zwei Uhr morgens hörte ich plötzlich, dass ein Riegel leise fortgezogen wurde und ein Schlüssel im Loch klirrte. Gleich darauf öffnete sich die Hintertür, und Mr. Josef Harrison trat in den Mondschein heraus.«

»Was – Josef?«, rief Phelps.

»Er war barhäuptig, hatte aber einen schwarzen Mantel übergeworfen, mit dem er sein Gesicht augenblicklich verhüllen konnte, wenn Lärm entstand. Er schlich sich auf den Fußspitzen an der Mauer hin, und als er das Fenster erreichte, steckte er ein Messer mit langer Klinge unter den Fensterrahmen, schob den Riegel zurück und stieß das Fenster in die Höhe. Dann bohrte er das Messer durch einen langen Spalt im inneren Laden, hob die Querstange ab und öffnete ihn.

Von der Stelle aus, wo ich lag, konnte ich allen seinen Bewegungen folgen und das ganze Zimmer übersehen. Er zündete drinnen die beiden Lichter auf dem Kaminsims an und begann, die Ecke des Teppichs neben der Tür aufzuheben. Dann bückte er sich und nahm ein viereckiges Stück der Diele heraus, das wohl beim Legen der Gasröhren nicht befestigt worden war, um etwaige Ausbesserungen zu erleichtern; der Anschluss des Rohrs nach der Küche zu musste dort sein. Aus der Vertiefung holte er die Papierrolle hervor, passte das Brett wieder ein, deckte den Teppich darüber, blies die Lichter aus und lief mir dann geradewegs in die Arme, denn ich stand draußen vor dem Fenster und wartete auf ihn.

Mr. Josef hat übrigens mehr Bosheit im Leib, als ich ihm zugetraut hätte. Er stieß mit dem Messer nach mir; ich musste ihn zweimal zu Boden werfen und erhielt einen Schnitt quer über das Handgelenk, ehe ich die Oberhand bekam. Das eine Auge, mit dem er noch sehen konnte, als wir zwei miteinander fertig waren, funkelte zwar vor Mordlust, aber er nahm doch Vernunft an und lieferte mir das Schriftstück aus. Sobald ich es hatte, ließ ich den Mann laufen; doch versäumte ich es nicht, die Geschichte gleich heute früh ausführlich an Forbes zu telegrafieren. Wenn er sich sehr beeilt, kann er den Vogel noch fangen. Findet er aber, wie ich vermute, das Nest bereits leer, so ist das umso besser für die Regierung. Lord Holdhurst und Percy Phelps werden es wahrscheinlich lieber sehen, wenn die ganze Sache niemals vor das Polizeigericht kommt.«

»Großer Gott!«, stieß unser Klient keuchend hervor, »ist es denn möglich, dass während der langen entsetzlichen zehn Wochen voll namenloser Angst die gestohlenen Papiere bei mir im Zimmer gelegen haben?«

»Ganz recht – so war es.«

»Und Josef – ein Dieb und ein Bösewicht!«

»Josef ist allerdings ein versteckterer und gefährlicherer Charakter, als man nach seinem Äußeren denken sollte. Er hat mit großem Verlust an der Börse gespielt, wie ich heute morgen von ihm erfuhr, und schreckte nun vor nichts zurück, um wieder zu Geld zu kommen. Als sich ihm die Gelegenheit bot, machte der durch und durch selbstsüchtige Mensch sich kein Gewissen daraus, Ihren guten Namen zu zerstören und seiner Schwester Glück zu opfern.«

Percy Phelps sank in den Stuhl zurück. »Ich bin wie betäubt«, sagte er, »es schwirrt mir alles im Kopf herum.«

»Die größte Schwierigkeit bei Ihrem Fall«, fuhr Holmes in seiner lehrhaften Art fort, »war der Überfluss an Beweismaterial.

Alles ging durcheinander – Wichtiges und ganz Unerhebliches; wir mussten aus sämtlichen Tatsachen, die man uns vorlegte, erst das Brauchbare heraussuchen und zusammensetzen, um die merkwürdige Kette der Begebenheiten in ihrer ursprünglichen Reihenfolge wieder herzustellen. – Mein Verdacht war auf Josef gefallen, sobald ich erfuhr, dass Sie an jenem Abend mit ihm nach Hause fahren wollten. Was war wohl natürlicher, als dass er auf seinem Weg zum Bahnhof im Ministerium – wo er gut Bescheid wusste – vorsprach, um Sie abzuholen? Als Sie mir dann von dem beabsichtigten Einbruch in Ihr Schlafzimmer erzählten, wo doch niemand etwas hatte verstecken können, außer Josef, der bei Ihrer plötzlichen Erkrankung ganz unerwartet ausquartiert worden war, um Ihnen Platz zu machen, da wurde mein Argwohn zur Gewissheit. Der saubere Herr hatte zu seinem Versuch die erste Nacht gewählt, als keine Wärterin im Krankenzimmer war; er wusste also genau, was im Haus vorging.«

»Oh, ich war mit Blindheit geschlagen!«

»Ich habe nun über den Gang der Ereignisse bis jetzt etwa Folgendes festgestellt: Josef Harrison kam von der Charles Street her durch die Hintertür; er kannte den Weg zu Ihrem Arbeitszimmer und trat ein, als Sie es soeben verlassen hatten. Da niemand da war, ging er an den Klingelzug und läutete, wobei er zugleich das Schriftstück zu Gesicht bekam, welches auf dem Tisch lag. Ein Blick überzeugte ihn, dass der Zufall ihm eine Staatsurkunde von größter Wichtigkeit in die Hand gespielt hatte; mit Blitzesschnelle steckte er sie in die Tasche und verschwand damit. Wie Sie wissen, vergingen einige Minuten, bis der schlaftrunkene Türhüter Ihre Aufmerksamkeit auf die Glocke lenkte, aber diese kurze Zeit genügte, um dem Dieb die Flucht zu ermöglichen.

Er fuhr mit dem ersten Zug nach Woking, besichtigte seine Beute, erkannte, wie wertvoll sie sei, und verbarg sie an einem Platz, den er für ganz sicher hielt. Seine Absicht war wohl, das Dokument nach einigen Tagen wieder aus dem Versteck herauszunehmen und es der französischen oder russischen Gesandtschaft um hohen Preis zu verkaufen. Da brachte der Doktor Sie plötzlich nach Hause, und er wurde ohne alle Vorbereitung aus seinem Zimmer entfernt. Seitdem waren dort stets mindestens zwei Menschen anwesend, so dass er unmöglich seines Schatzes habhaft werden konnte. Es muss für ihn eine verzweifelte Lage gewesen sein. Als er endlich hoffte, die günstige Gelegenheit sei da, machte ihm Ihre Schlaflosigkeit einen Strich durch die Rechnung.«

»Ich hatte an dem Abend meinen gewöhnlichen Schlaftrunk nicht genommen.«

»Er mag wohl dafür gesorgt haben, den Trank recht wirksam zu machen, damit er sicher sein konnte, Sie würden nicht aufwachen. Dass er den Versuch so bald wie möglich wiederholen würde, war mir außer Zweifel. Ihre Fahrt nach London verschaffte ihm die Gelegenheit. Ich bat Miss Harrison, den Tag über im Zimmer zu bleiben, weil mir der Dieb sonst zuvorgekommen wäre. Als ich ihn in dem Glauben wusste, er habe nun freie Hand, hielt ich an Ort und Stelle Wache, wie Sie bereits wissen. Obwohl ich fest überzeugt war, der Vertrag müsse in dem Zimmer versteckt sein, wollte ich doch nicht erst alle Dielen aufbrechen und das Getäfel durchsuchen. Ich ließ ihn daher den Schatz selber heben und ersparte mir damit viel Mühe und Arbeit. – Ist nun noch ein Punkt vorhanden, über den ich Auskunft geben soll?«

»Weshalb hat er denn bei dem ersten Versuch durchs Fenster steigen wollen, während er doch nur zur Tür hereinzugehen brauchte?«, erkundigte ich mich.

»Um die Haustür zu erreichen, hätte er an sieben Schlafzimmern vorbei gemusst. Zum Fenster hinaus konnte er aber leicht auf den Grasplatz springen.«

»Sie glauben aber doch nicht«, fragte Phelps, »dass er mörderische Absichten hatte? – Nicht wahr, das Dolchmesser sollte ihm nur als Werkzeug dienen?«

»Wohl möglich«, erwiderte Holmes, die Achseln zuckend. »So viel aber steht fest, dass Josef Harrison kein Mensch ist, auf dessen Gnade und Barmherzigkeit ich mich verlassen möchte.«

DER BAUMEISTER VON NORWOOD

»Vom Standpunkt des Kriminalisten«, sagte Sherlock Holmes eines Tages, »ist London seit dem Tod des Professors Mariarty seligen Angedenkens die uninteressanteste Stadt geworden.«

»Ich kann mir kaum denken, dass viele ehrbare Bürger deine Ansicht teilen«, gab ich ihm zur Antwort.

»Nun – ja, ich will nicht selbstsüchtig sein«, sagte er lächelnd und schob seinen Stuhl vom Tisch zurück, an dem wir eben gefrühstückt hatten. »Die Allgemeinheit hat immerhin den Vorteil, nur der arme Fachmann ist zu bedauern, weil er Beschäftigung und Brot verliert. Dem Mann von Beruf brachte oft die Zeitung eines Morgens alle möglichen guten Aussichten. Oft war es nur eine ganz schwache Spur, Watson, eine ganz zarte Andeutung, und doch zeigte sie mir, dass etwas für den Detektiv im Anzug war, ebenso wie die leiseste Schwingung am Rande des Netzes die in der Mitte lauernde Spinne auf die nahende Beute aufmerksam macht. Unbedeutende Diebstähle, leichte Überfälle, kleinliche Beleidigungen – alle diese Vergehen konnten von einem Mann, der die Fäden in der Hand hatte, in Zusammenhang gebracht und auf einen gemeinsamen Ursprung zurückgeführt werden. Für das Studium der feineren Verbrecherwelt bot keine Stadt Europas ein solch' gutes Material wie das damalige London. Aber jetzt –« er zuckte mit den Achseln, betrübt über den Stand der Dinge, an dem er selbst treulich mitgearbeitet hatte.

Zu der in Rede stehenden Zeit war Holmes einige Monate von seiner Reise zurück, und ich hatte auf sein Anraten meine Praxis verkauft und wohnte wieder mit ihm zusammen in unserem alten Heim in der Baker Street. Meine kleine Kundschaft hatte ein junger Arzt namens Verner für einen so auffallend hohen Preis übernommen, wie ich ihn kaum zu fordern gewagt hatte – ein Umstand, der mir erst nach Jahren klar wurde, als ich erfuhr, dass Verner ein entfernter Verwandter von Holmes, und mein Freund der Vermittler war.

Diese Monate unserer Partnerschaft waren jedoch nicht so ereignislos, wie er gesagt hatte. Nach meinen Notizen fällt in diese Zeit der Fall des Präsidenten Murillo und der erschütternde Vorgang auf dem holländischen Dampfer ›Friesland‹, wobei wir beide beinahe das Leben verloren hätten. Seine kalte, stolze Natur war aber jeglichem öffentlichem Beifall abhold, und darum bat er mich dringend, nichts darüber zu veröffentlichen – dieses Hindernis ist, wie ich bereits in einer früheren Erzählung erwähnt habe, erst jetzt beseitigt.

Holmes saß nach seinem sonderbaren Protest behaglich in seinen Stuhl zurückgelehnt und las die Morgenblätter, als es plötzlich heftig klingelte und ungestüm an der Haustür pochte. Nachdem aufgemacht worden war, kam jemand rasch die Treppe heraufgestürzt und stand im nächsten Augenblick in unserem Zimmer. Es war ein junger Mann in der höchsten Erregung, mit verstörten Blicken und zerzaustem Haar, bleich und zitternd. Er sah uns, einen nach dem anderen, verdutzt an und musste aus unseren fragenden Gesichtern entnehmen, dass wir auf eine Entschuldigung wegen seines taktlosen Eintretens warteten.

»Es tut mir leid, Mr. Holmes«, sagte er hastig. »Nehmen Sie mir's nicht übel. Ich bin fast von Sinnen. Ich bin der unglückliche John Hector Farlane.«

Er brachte das so heraus, als ob der Name allein seinen Besuch und sein Benehmen erklären müsste; aber aus meines Freundes Gesicht konnte ich ersehen, dass er so wenig damit anzufangen vermochte wie ich.

»Nehmen Sie eine Zigarette, Mr. Farlane«, sagte er und schob ihm feine Schachtel hinüber. »Bei Ihrem Zustand würde Ihnen mein Freund Dr. Watson hier ein Beruhigungsmittel verordnen. Es war in den letzten Tagen außergewöhnlich heiß. Nun, wenn Sie sich etwas beruhigt haben, nehmen Sie dann auf jenem Stuhl dort Platz und erzählen Sie uns langsam und ruhig, wer Sie sind und was Sie wünschen. Sie nannten Ihren Namen, als ob ich Sie kennen müsste, ich kann Ihnen jedoch versichern, dass ich aus den Umständen nur schließe, dass Sie Junggeselle, Anwalt, Freimaurer und Asthmatiker sind, weiter weiß ich nichts.«

Bei meiner Bekanntschaft mit der Art, wie mein Freund feine Schlüsse zog, war es für mich nicht schwer, zu erkennen, woraus er gefolgert hatte. Ich bemerkte eine gewisse Nachlässigkeit in der Kleidung, ein Aktenbündel, das aus der Tasche herausguckte, einen Schmuckgegenstand an der Uhrkette und das beschwerliche Atmen. Unser Klient war jedoch sehr erstaunt.

»Jawohl, Mr. Holmes, das stimmt alles, und außerdem bin ich in dieser Stunde der unglücklichste Mensch in ganz London. Versagen Sie mir um Gottes willen Ihre Hilfe nicht, Mr. Holmes! Wenn man, ehe ich mit meiner Erzählung fertig bin, kommt, um mich zu verhaften, so sorgen Sie dafür, dass man mir Zeit lässt, bis ich zu Ende bin und Ihnen die volle Wahrheit gesagt habe. Ich würde mich glücklich schätzen, wenn ich das Bewusstsein mit ins Gefängnis nehmen könnte, dass Sie draußen für mich tätig wären.«

»Sie verhaften!«, warf Holmes hier ein. »Das klingt ja gefährlich – äußerst interessant. Auf welchen Verdacht hin fürchten Sie denn, verhaftet zu werden?«

»Auf den Verdacht, den Mr. Jonas Oldacre in Lower Norwood ermordet zu haben.«

Das Gesicht meines Freundes zeigte ein gewisses Mitleid, das mir jedoch, wie ich nicht verschweigen will, nicht ganz frei von einer Beimischung der Befriedigung zu sein schien.

»Alle Wetter!«, meinte er, »erst jetzt beim Frühstück klagte ich meinem Freund Dr. Watson, dass die Zeitungen gar keine interessanten Kriminalfälle mehr brächten.«

Unser Besucher hob mit zitternder Hand von Holmes Knien den noch ungelesenen ›Daily Telegraph‹ auf.

»Sie haben noch nicht hineingesehen, sonst würden Sie auf den ersten Blick gefunden haben, was mich zu Ihnen führt. Es ist mir, als ob mein Name und mein Missgeschick schon in aller Mund sein müsste.« Er blätterte in der Zeitung, um uns die Seite zu zeigen. »Hier steht's. Wenn Sie erlauben, will ich's Ihnen vorlesen. Hören Sie zu, Mr. Holmes. Die fettgedruckte Überschrift lautet: ›Das Geheimnis in Lower Norwood. Verschwinden eines bekannten Bauunternehmers. Mordverdacht und Brandstiftung. Dem Verbrecher ist man auf der Spur.‹ Diese Spur hat man bereits, Mr. Holmes, sie führt mit großer Bestimmtheit zu mir. Von der Station London Bridge hat man mich schon verfolgt, und man wartet nur auf die richterliche Vollmacht, um mich festnehmen zu können. Es wird meiner Mutter das Herz brechen – es wird ihr das Herz brechen!« Er rang vor Verzweiflung die Hände und rutschte entsetzt auf seinem Stuhl hin und her.

Ich betrachtete den Mann, der einen solchen Gewaltakt ausgeführt haben sollte, mit lebhaftem Interesse. Er hatte kein unschönes Gesicht, flachsfarbiges Haar, blaue Augen, und war bartlos; der Mund war klein und sinnlich. Er mochte ungefähr siebenundzwanzig Jahre alt sein. Anzug und Manieren zeugten davon, dass er ein gebildeter Mann war.

»Wir haben keine Zeit zu verlieren«, sagte Holmes. »Willst du so gut sein, Watson, und mir den fraglichen Bericht aus der Zeitung vorlesen?«

Unter der Überschrift, die unser Klient vorgelesen hatte, standen folgende näheren Angaben:

»In der vergangenen Nacht hat sich in Lower Norwood in später Nacht – oder in früher Morgenstunde – ein Ereignis zugetragen, das auf ein schreckliches Verbrechen schließen lässt. Mr. Jonas Oldacre ist ein allgemein bekannter Bürger in dem genannten Vorort, wo er lange Jahre als Bauherr tätig gewesen ist. Mr. Oldacre ist Junggeselle, zweiundfünfzig Jahre alt, und bewohnt ein eigenes Haus in Deep Dene am Ende der Sydenham Street. Seit ein paar Jahren hatte er seine Tätigkeit, die ihm ein ansehnliches Vermögen eingebracht haben soll, ausgegeben. Er galt als exzentrischer Mann und lebte ganz zurückgezogen. Hinter dem Wohnhaus im Hof befindet sich noch Holz aufgestapelt, und in der vergangenen Nacht entstand plötzlich Lärm, weil einer der Haufen in Flammen stand. Die Feuerwehr war bald zur Stelle, aber das dürre Holz bot dem Feuer eine so vorzügliche Nahrung, dass es nicht bewältigt werden konnte, bis der ganze Stoß niedergebrannt war. Bis dahin schien es sich nur um einen gewöhnlichen Brand zu handeln, aber die späteren Nachforschungen deuten auf ein furchtbares Verbrechen hin. Es fiel aus, dass der Besitzer des Grundstücks nicht aufzufinden und aus dem Haus verschwunden war. Die Untersuchung seines Schlafzimmers ergab, dass sein Bett unbenutzt, dass der hier stehende Geldschrank geöffnet war und zahlreiche Papiere auf dem Fußboden umherlagen, außerdem wiesen Blutspuren im Zimmer und ein mit Blut befleckter eichener Stock auf einen Kampf mit einem Mörder hin. Ferner weiß man, dass Mr. Oldacre spät in der Nacht einen Besucher im Schlafzimmer hatte, und der Stock hat sich nachträglich als dieser Person gehörig herausgestellt: Es ist ein junger Londoner Advokat, namens John Hector Farlane, Gresham Street 426. Die Polizei erblickt darin einen wichtigen Anhaltspunkt, und man kann auf sensationelle Enthüllungen gefasst sein.

Nachtrag. – Während des Drucks geht uns die Nachricht zu, dass Mr. Hector Farlane eben wegen Verdachtes der Täterschaft verhaftet werden soll. Der Verhaftungsbefehl ist bereits ergangen. Die Polizei hat weitere Nachforschungen über den traurigen Fall am Tatort angestellt. Außer den Anzeichen des blutigen Ringens im Schlafzimmer, hat man jetzt auch gefunden, dass das Balkonfenster offen war, und auch eine Fährte, als ob ein schwerer Gegenstand nach dem Holzhaufen geschleift worden wäre; endlich ist in letzter Stunde festgestellt worden, dass die Asche verkohlte Leichenteile enthält. Die Polizei neigt zu der Ansicht, dass man es mit einem außergewöhnlichen Verbrechen zu tun hat, dass das Opfer in seinem Schlafzimmer ermordet, die Wertpapiere geraubt und die Leiche dann zu dem Holzstoß geschleppt worden ist, den der Mörder in Brand gesteckt hat, um auf diese Weise jede Spur seines Verbrechens zu verwischen. Die Leitung der polizeilichen Untersuchungen ist dem erfahrenen Inspektor Lestrade von Scotland Yard übertragen worden, der die Spuren mit der bekannten Energie und dem ihm eigenen Scharfsinn verfolgen wird.«

Holmes hatte diesen merkwürdigen Bericht mit geschlossenen Augen angehört.

»Der Fall bietet entschieden einige interessante Punkte«, sagte er in seinem gleichgültigen, geschäftsmäßigen Ton. »Darf ich vielleicht fragen, Mr. Farlane, wieso Sie sich noch auf freiem Fuß befinden, obwohl scheinbar triftige Gründe zu Ihrer Verhaftung vorliegen?«

»Ich wohne in Blackheath bei meinen Eltern, Mr. Holmes, da ich aber gestern Abend sehr spät bei Mr. Oldacre zu tun hatte, übernachtete ich in einem Hotel in Norwood und wollte von dort ins Bureau fahren. Ich habe den Vorfall erst im Zug erfahren, als ich die Zeitung las. Ich erkannte sofort die schreckliche Gefahr, in der ich schwebte, und beeilte mich, Ihnen die Sache vorzutragen. Ich zweifle keinen Augenblick, dass man mich zu Hause oder im Bureau schon arretiert haben würde. Vom Bahnhof London Bridge ist ein Mann hinter mir hergegangen und würde mich sicher – Herr des Himmels, jetzt kommen sie –.«

Es klingelte, und auf der Treppe wurden alsbald schwere Tritte hörbar. Im nächsten Augenblick machte unser alter Freund Lestrade die Tür auf. Hinter ihm erblickte ich die Uniformen zweier Schutzleute, die draußen blieben und warteten.

»Mr. John Hector Farlane?«, fragte Lestrade.

Unser unglücklicher Schützling fuhr entsetzt von seinem Stuhl auf.

»Ich verhafte Sie wegen der Ermordung des Mr. Jonas Oldacre in Lower Norwood.«

Farlane warf uns verzweifelte Blicke zu und sank, wie vom Schlag getroffen, wieder auf seinen Stuhl nieder.

»Einen Augenblick, Mr. Lestrade«, sagte Holmes. »Eine halbe Stunde früher oder später macht keinen Unterschied. Der Herr war gerade dabei, uns eine Darstellung seiner höchst interessanten Angelegenheit zu geben. Sie kann uns bei ihrer Aufklärung vielleicht viel nützen.«

»Diese Aufklärung wird, glaube ich, nicht sehr schwierig werden«, antwortete Lestrade ironisch.

»Immerhin möchte ich, wenn Sie nichts dagegen haben, seine Aussagen gerne hören.«

»Ich schlage Ihnen ungern etwas ab, Mr. Holmes, denn Sie haben der Polizei schon verschiedentlich gute Dienste geleistet, und wir verdanken Ihnen manches in Scotland Yard«, erwiderte Lestrade. »Trotzdem muss ich meinen Gefangenen festhalten, und ich bin verpflichtet, ihn vor offenbar unwahren Angaben zu warnen.«

»Ich wünsche nur die Wahrheit zu sagen«, fiel unser Klient ein: »Ich bitte nur, mich anzuhören, damit Sie die reine Wahrheit erfahren.«

Lestrade sah nach der Uhr. »Ich will Ihnen eine halbe Stunde Zeit lassen.«

»Ich muss vorausschicken«, begann Farlane, »dass ich Mr. Old-acres Verhältnisse absolut nicht gekannt habe. Sein Name war mir allerdings bekannt, weil meine Eltern vor vielen Jahren mit ihm verkehrt hatten, sich später aber von ihm zurückgezogen haben. Ich war daher gestern Nachmittag nicht wenig über-rascht, als er in meinem Bureau erschien. Aber ich war noch mehr überrascht, als er mir den Grund seines Besuches mitteil-te. Er hatte mehrere beschriebene Blätter aus einem Notizbuch in der Hand – hier sind sie.« Er legte sie vor uns auf den Tisch.

»›Das ist mein Testament‹, sagte er. ›Ich bedarf Ihrer Hilfe, Mr. Farlane, damit es in die vorschriftsmäßige gesetzliche Form gebracht wird. Ich will mich unterdessen setzen!‹

Ich nahm die Abschrift vor, und Sie können sich mein Er-staunen vorstellen, als ich merkte, dass er mir unter einigen Vor-behalten sein ganzes Vermögen vermachte. Er war ein eigenar-tiger, kleiner, zappeliger Mann mit grauem Haar und weißen Augenwimpern, und als ich zu ihm aufblickte, sah er mich ver-gnügt an. Ich traute meinen Sinnen kaum, als ich seine Bestim-mungen las. Auf meine verwunderten Fragen antwortete er mir jedoch, er sei Junggeselle und habe keine lebenden Verwandten, er habe in seiner Jugend meine Eltern sehr gut gekannt und von mir stets als von einem ordentlichen jungen Manne gehört, so dass er versichert sein könne, dass sein Geld in gute Hände käme. Ich konnte nur ein paar Worte des Dankes stammeln. Das Testament wurde gesetzmäßig geschlossen und unterzeichnet, und mein Schreiber fungierte als Zeuge. Es steckt in diesem blauen Umschlag hier in meiner Tasche. Die Zettel enthalten, wie ich schon gesagt habe, nur den Entwurf des Mr. Oldacre. Er teilte mir dann weiter mit, dass er noch verschiedene Schrift-stücke – Mietkontrakte, Eigentumsurkunden, Hypotheken und sonstige Papiere, in die ich Einsicht nehmen müsse, zu Hause in seiner Wohnung habe. Er bat mich, zu diesem Zweck gleich am Abend zu ihm nach Norwood hinauszukommen und das Testament mitzubringen, damit alles geordnet würde; er könn-te eher keine Ruhe finden. ›Sagen Sie Ihren Eltern kein Wort, mein Lieber, bis die Angelegenheit ganz geregelt ist. Wir wol-len ihnen dann eine kleine Überraschung bereiten.‹ Auf dieser Forderung bestand er sehr hartnäckig und nahm mir mein Wort ab.

Sie können sich denken, Mr. Holmes, dass ich keine Lust hatte, ihm seine Bitten abzuschlagen. Er wollte mir wohl, und ich hatte daher nur das Bestreben, seinen Wünschen bis ins Kleinste zu entsprechen. Ich telegrafierte nach Hause, dass ich am Abend ein wichtiges Geschäft vorhabe und nicht wüsste, ob ich kommen könnte. Mr. Oldacre hatte mich für neun Uhr zum Essen eingeladen, weil er kaum vor dieser Stunde zu Haus sein würde. Es war nicht ganz leicht, seine Wohnung zu finden, so dass es gegen halb zehn wurde, ehe ich sie erreichte. Ich traf —«

»Einen Augenblick!«, unterbrach ihn Holmes. »Wer öffnete Ihnen die Tür?«

»Eine Frau in mittleren Jahren, vermutlich seine Haushälterin.«

»Dieselbe hat wahrscheinlich der Polizei auch Ihren Namen angegeben?«

»Doch wohl«, antwortete Farlane.

»Bitte, weiter.«

Unser Klient wischte sich den Schweiß von der Stirn und fuhr dann fort: —

»Diese Frauensperson führte mich in ein Empfangszimmer, wo ein frugales Abendbrot aufgetragen war. Nach dem Essen nahm mich Mr. Oldacre mit in sein Schlafzimmer, wo ein schwerer Geldschrank stand. Er schloss auf und nahm eine Menge Papiere heraus, die wir zusammen durchgingen. Es dauerte bis zwischen elf und zwölf Uhr, ehe wir fertig wurden. Er sagte dann zu mir, wir dürften die Wirtschafterin nicht stören, und geleitete mich an das Balkonfenster, das während der ganzen Zeit offen gestanden hatte.«

»War die Jalousie heruntergelassen?«, fragte Holmes.

»Ich bin nicht ganz sicher, glaube aber, dass sie nur halb unten war. Jawohl, ich entsinne mich, wie er sie aufzog, um das Fenster aufmachen zu können. Ich hatte meinen Stock noch nicht. Er sagte jedoch: ›Schadet nicht, mein Lieber; ich werde Sie hoffentlich in der nächsten Zeit häufiger bei mir sehen, ich heb' ihn auf, bis Sie wiederkommen.‹ Ich ließ ihn also zurück. Der Schrank stand noch offen und die Papiere lagen, in Bündel zusammengeschnürt, auf dem Tisch, als ich das Zimmer verließ. Es war so spät, dass ich nicht mehr nach Blackheath zurück konnte. Ich blieb daher die Nacht in einem nahen Hotel und ahnte nichts

Böses, bis ich heute früh die schreckliche Geschichte in der Zeitung las.«

»Wollen Sie noch einige Fragen stellen, Mr. Holmes?«, sagte Lestrade, der während der merkwürdigen Erzählung ein paar Mal den Kopf geschüttelt hatte.

»Eher nicht, bis ich in Blackheath gewesen bin.«

»Sie meinen in Norwood«, verbesserte Lestrade.

»Jawohl; das meinte ich«, erwiderte Holmes mit seinem rätselhaften Lächeln. Lestrade hatte schon häufiger erfahren müssen, als ihm lieb sein mochte, dass dieser scharfe Verstand noch vieles zu durchschauen vermochte, was ihm undurchdringlich erschienen war. Er sah meinen Gefährten neugierig an.

»Ich möchte gleich noch ein paar Worte mit Ihnen sprechen, Mr. Holmes«, sagte er. »Nun, Mr. Farlane, vor der Tür stehen zwei von meinen Leuten und warten auf Sie, der Wagen ist draußen vor dem Haus.« Der unglückliche junge Mensch erhob sich und ging mit einem letzten flehentlichen Blick zur Türe hinaus. Die Schutzleute stiegen mit ihm in die Droschke, während der Inspektor zurückblieb.

Holmes hob die losen Blätter, die den Entwurf des Testaments enthielten, vom Tisch auf und betrachtete sie mit zunehmendem Interesse.

»Dieses Schriftstück gibt uns einige Anhaltspunkte, Mr. Lestrade«, sagte er endlich. »Sehen Sie es sich einmal genauer an.« Er schob ihm die Blätter hinüber.

Der also Angeredete sah ihn erstaunt an.

»Ich kann nur die ersten Zeilen, die in der Mitte der zweiten Seite und ein paar am Schluss lesen; die sind ganz deutlich geschrieben«, sagte er, »aber sonst ist die Schrift sehr schlecht und an drei Stellen vollständig unleserlich.«

»Was schließen Sie daraus?«, sagte Holmes.

»Ja, was schließen Sie denn daraus?«

»Dass es in einem Eisenbahnzug geschrieben ist; die gute Schrift bedeutet die Stationen, die schlechte die Fahrt und die sehr schlechte die Durchfahrt durch Kreuzungsstellen. Ein gewandter Sachverständiger würde sofort erkennen, dass der Schreiber auf einer Vorortlinie gefahren ist, weil nur in der unmittelbaren Nähe einer Großstadt die Haltestellen so schnell aufeinander folgen. Wenn man annimmt, dass er auf der ganzen

Strecke geschrieben hat, so muss er einen Schnellzug benutzt haben, der zwischen Norwood und London Bridge nur einmal hält.«

Lestrade fing an zu lachen.

»Sie gehen mir zu weit zurück, wenn Sie Ihre Theorien entwickeln, Mr. Holmes. Was hat das mit der Sache zu tun?«

»Nun, es bestätigt und ergänzt die Aussage des jungen Herrn, dass Oldacre das Testament gestern unterwegs aufgesetzt hat. Es ist immerhin auffallend – nicht wahr? – dass jemand ein so wichtiges Schriftstück im Eisenbahncoupé niederschreibt. Es geht daraus hervor, dass er der Sache keinen besonderen praktischen Wert beilegt. Das kann nur ein Mann tun, der nicht daran denkt, diesen Willen jemals zu verwirklichen.«

»Und doch hat er zu gleicher Zeit damit sein eigenes Todesurteil niedergeschrieben«, versetzte Lestrade.

»Aha, das ist Ihre Ansicht?«

»Meinen Sie das denn nicht auch?«

»Es ist nicht unmöglich; mir ist der ganze Fall aber noch nicht klar.«

»Nicht klar? Na, aber wenn das nicht klar ist, was ist dann überhaupt klar? Hier ist ein junger Mensch, der plötzlich erfährt, dass ihm ein großes Vermögen zufällt, wenn ein bejahrter Mann mit dem Tod abgeht. Was tut er? Er sagt keinem Menschen was, sondern begibt sich eines schönen Abends unter irgendeinem Vorwand zu seinem Gönner. Er wartet, bis die einzige Person, die noch im Haus wohnt, zu Bett gegangen ist, ermordet den alten Mann in seinem einsamen Schlafzimmer, verbrennt die Leiche in einem Holzhaufen und geht dann in ein nahegelegenes Hotel. Die Blutspuren im Zimmer und auch am Stock sind nur unbedeutend. Er hat also vielleicht gar nicht gemerkt, dass Blut geflossen ist, und gehofft, dass nach der Einäscherung des Leichnams jede Spur von der Art des Todes verwischt wäre – Spuren, die aus sprechenden Gründen auf ihn führen mussten. Ist das nicht alles sonnenklar?«

»Ihre Beweisführung, mein lieber Lestrade, kommt mir etwas zu klar vor«, erwiderte Holmes. »Bei Ihren sonstigen vorzüglichen Eigenschaften vermisse ich die nötige Einbildungskraft. Wenn Sie sich nur einen Augenblick in die Lage dieses jungen Mannes versetzen wollten! Würden Sie gerade die Nacht nach der Aufstellung des Testaments wählen, um das Verbrechen zu begehen? Würde es Ihnen nicht gefährlich erscheinen, eine so enge Verbindung zwischen diesen beiden Ereignissen herzustellen? Ferner, würden Sie das Verbrechen in der Nacht ausführen, wo Ihre Anwesenheit im Hause bekannt ist, wo Ihnen eine Bedienstete die Türe aufgemacht hat? Und endlich, würden Sie, nachdem Sie sich der schweren Mühe unterzogen hätten, den Leichnam durch Feuer zu zerstören, dann so unvorsichtig sein und Ihren eigenen Stock zum Zeichen, dass Sie der Täter sind, im Hause zurücklassen? Geben Sie nicht zu, Lestrade, dass dies alles recht unwahrscheinlich ist?«

»Was den Stock betrifft, Mr. Holmes, so wissen Sie so gut wie ich, dass Verbrecher oft bestürzt sind und Handlungen begehen, die ein besonnener Mensch nicht unternehmen würde. Er fürchtete sich wahrscheinlich, wieder umzukehren, um ihn zu holen. – Geben Sie mir eine andere plausible Erklärung.«

»Ich könnte Ihnen leicht ein halbes Dutzend geben«, sagte Holmes. »Wie denken Sie z. B. über folgende, die wohl möglich, ja gar nicht unwahrscheinlich ist? – Ich stelle Ihnen gern anheim, davon Gebrauch zu machen. Der alte Baumeister zeigte seinem Besucher wertvolle Papiere. Ein Landstreicher geht draußen vorbei und sieht es; die Jalousie war ja nur halb heruntergelassen. Der Anwalt geht dann fort. Der Landstreicher steigt ein! Er ergreift einen Stock, den er gerade stehen sieht, schlägt Oldacre tot und verschwindet, nachdem er die Leiche auf den Holzhaufen geschleppt und ihn angezündet hat.«

»Warum sollte der Landstreicher die Leiche verbrennen?«

»Aus demselben Grund, aus dem es Farlane getan haben soll.«

»Und warum hat der Kerl nichts mitgenommen?«

»Weil es Papiere waren, die er nicht verwerten konnte.«

Lestrade schüttelte den Kopf. Es schien mir aber doch, als ob er von der Richtigkeit seiner eigenen Theorie schon nicht mehr so fest überzeugt wäre wie vorher.

»Nun, Mr. Holmes, suchen Sie Ihren Landstreicher, aber solange Sie ihn nicht gefunden haben, will ich mich an meinen Gefangenen halten. Die Zukunft wird ja zeigen, wer Recht behält. Bedenken Sie besonders den Umstand, dass nach unserer bisherigen Kenntnis keinerlei Papiere entwendet sind, und Farlane der einzige Mensch auf Gottes Erde ist, der an ihrer Entfernung kein Interesse hatte, weil er gesetzlicher Erbe war, und sie ihm also unter allen Umständen später zufallen mussten.«

Gegen diese Bemerkung konnte mein Freund nichts einwenden.

»Ich will nicht leugnen, dass Ihre Beweisführung in verschiedener Hinsicht glaubwürdig klingt«, antwortete er. »Ich behaupte nur, dass es auch andere Erklärungen gibt. Wie Sie selbst sagen, wird die Zukunft entscheiden. Guten Morgen! Ich werde übrigens im Lauf des Tages nach Norwood hinunter kommen und sehen, wie weit Sie sind.«

Als der Detektiv hinaus war, stand mein Freund auf und traf feine Vorbereitungen für die nächsten Unternehmungen: Er zeigte die frohe Miene eines Mannes, der sich seiner feinen Fähigkeiten entsprechenden Aufgabe gegenübergestellt sieht.

»Mein erster Gang, Watson«, sagte er, indem er in seinen Rock schlüpfte, »ist, wie erwähnt, nach Blackheath.«

»Und warum nicht nach Norwood?«

»Weil in diesem Falle zwei eigentümliche Ereignisse kurz aufeinander gefolgt sind. Die Polizei begeht den Irrtum, ihre ganze Aufmerksamkeit auf das zweite zu lenken, weil dieses zufällig das Verbrechen vorstellt. Mir ist es jedoch klar, dass der richtige Weg zum Verständnis der zweiten Begebenheit, des Verbrechens, von der ersten, dem auffallenden Testament, seinen Ausgang nehmen muss. Ich will also versuchen, zunächst etwas Licht in den ersten Teil zu bringen, in das so urplötzlich und zugunsten eines so eigentümlichen Erben gemachte Testament. Danach werden wir den zweiten Teil leichter verstehen.«

»Soll ich mitkommen?«

»Nein, mein Lieber, ich glaube deine Begleitung heute nicht nötig zu haben. Diese Untersuchung ist gewiss nicht gefährlich, sonst würde ich mich wohl hüten, allein zu gehen. Ich hoffe, dir bei meiner Rückkehr heute Abend die frohe Botschaft bringen zu können, dass ich für den unglücklichen jungen Herrn, der sich meinem Schutz anvertraut hat, etwas ausgerichtet habe.«

Es war spät, als mein Freund wiederkam, und ein einziger Blick auf sein bekümmertes Gesicht zeigte mir, dass die Hoffnungen, mit denen er weggegangen war, sich nicht erfüllt hatten. Ziemlich eine Stunde lang beschäftigte er sich mit seiner Geige, um sein unruhiges Gemüt zu besänftigen. Endlich warf er das Instrument beiseite und gab mir einen ausführlichen Bericht über seine Misserfolge.

»Es geht alles schief, Watson – so schief, wie's nur gehen kann. Ich habe mir zwar Lestrade gegenüber keine Schwäche anmerken lassen, aber, meiner Seele, ich glaube, diesmal hat er recht, und wir sind auf dem Holzweg. Die Tatsachen widersprechen meinem Gedankengang und meinen Ahnungen vollständig, und ich fürchte stark, dass sich die englischen Gerichte noch nicht zu der idealen Auffassung emporgeschwungen haben, dass sie meinen Theorien den Vorzug vor Lestrades Tatsachenmaterial geben.«

»Warst du in Blackheath?«

»Jawohl, ich war dort und überzeugte mich bald, dass der selige Oldacre ein ziemlich gemeiner Charakter war. Farlanes Vater war auf der Suche nach seinem Sohn. Die Mutter traf ich zu Hause. Sie ist eine kleine, leicht erregbare Frau mit blauen Augen; sie zitterte vor Schrecken und Entrüstung. Selbstverständlich gab sie nicht einmal die Möglichkeit der Schuld ihres Sohnes zu. Aber über das Schicksal des alten Oldacre drückte sie weder Überraschung noch Bedauern aus. Im Gegenteil, sie sprach mit einer solchen Bitterkeit von ihm, dass sie, ohne es zu wissen, die Annahme der Polizei förderte. Denn natürlich musste der Sohn, wenn er solche Sprache über den Mann gehört hatte, von Hass und Widerwillen gegen ihn erfüllt sein. »Er glich einem bösartigen, hinterlistigen Affen mehr als einem Menschen«, sagte sie, »und das war von jeher so, schon als junger Mensch war er so.«

»Haben Sie ihn denn damals schon gekannt?««, fragte ich sie.

»Jawohl, sehr gut; er war ja 'n alter Freier von mir. Gott sei Dank, dass ich so vernünftig war, mich von ihm loszusagen und einen besseren, wenn auch ärmeren Mann zu heiraten. Ich war mit ihm verlobt, Mr. Holmes, als ich erfuhr, wie er eine Katze in ein Vogelbauer gesperrt hatte, und ich war so empört über diese Grausamkeit, dass ich nichts mehr mit ihm zu tun haben wollte.« Sie suchte in einer Schublade herum und brachte die Fotografie einer jungen Dame zum Vorschein. Das Bild war furchtbar verunstaltet und mit einem Messer zerschnitten. ›Das ist meine eigene Fotografie‹, sagte sie. ›In diesem Zustand hat er sie mir mit einem Fluch am Morgen meines Hochzeitstages zugeschickt.‹«

»»Nun‹, sagte ich, ›er scheint sich doch allmählich mit Ihnen ausgesöhnt zu haben, sofern er Ihrem Sohn sein ganzes Vermögen vermacht hat.‹«

»»Weder mein Sohn noch ich brauchen etwas von Jonas Oldacre, weder zu seinen Lebzeiten noch nach seinem Tod‹, rief sie ganz erregt. ›Es lebt ein Gott im Himmel, Mr. Holmes, und dieser Gott, der den Bösen gestraft hat, wird auch offenbaren, dass die Hände meines Sohnes unschuldig sind an diesem Blute.‹«

»Ich versuchte noch durch List, etwas Bestimmtes aus ihr herauszubringen, das unsere Annahme hätte stützen können, bekam aber nur solche Dinge zu hören, die eher das Gegenteil bewiesen hätten. So steckte ich's schließlich auf und ging nach Norwood.

Das Deep Dene House ist ein großer Backsteinbau in modernem Villenstil. Es steht etwas zurück, und davor ist ein Garten mit Lorbeergebüsch. Hinter dem Haus befindet sich der Hof, wo das Holz liegt, der Schauplatz des Schadenfeuers. Ich habe hier in meinem Notizbuch eine flüchtige Skizze. Das Fenster links ist das einzige in Oldacres Schlafzimmer. Man kann von der Straße aus hineinsehen, wie du erkennen wirst – das ist ungefähr der einzige Trost, der mir geblieben ist. Lestrade war nicht da, er wurde durch seinen Wachtmeister vertreten. Sie hatten gerade einen wichtigen Fund gemacht. Beim Durchsuchen der Asche des verbrannten Holzhaufens hatten sie verkohlte Knochenreste und ein paar Metallstückchen zutage gefördert. Ich habe die letzteren sorgfältig untersucht und zweifellos festgestellt, dass es Hosenknöpfe waren. Ich habe an einem derselben sogar den Namen ›Hyams‹ erkennen können, der Firma von Oldacres Schneider. Ich habe dann den Garten und den Rasen um das Haus herum genau nach irgendwelchen Spuren und Fährten durchforscht. Es war aber infolge der großen Trockenheit weiter nichts zu sehen, als dass ein größerer Gegenstand durch eine niedrige, in der Richtung nach dem Holzhaufen liegende Rainweidenhecke geschleift worden war. Dies alles bestätigt natürlich nur die Auffassung der Polizei! Ich bin lange trotz der brennenden Augustsonne auf dem Rasen umhergekrochen: ich war aber am Ende nicht schlauer als am Anfang.

Nach diesem Fiasko begab ich mich ins Schlafzimmer und unterwarf es einer ebenso gründlichen Untersuchung wie den

Hof und den Garten. Die Blutspuren waren äußerst geringfügig, fast farblos und wie umhergeschmiert, aber sicher frisch. Den Stock hatte die Polizei schon in Beschlag genommen, aber auch diese Blutflecken waren nur unbedeutend. Dass der Stock unserem Klienten gehört, unterliegt keinem Zweifel, er gibt es selbst zu. Die Fußspuren der beiden Männer waren auf dem Teppich zu erkennen, aber keine einer dritten Person, was wieder Wasser auf die Mühle der Gegenpartei ist, die ihrerseits die Verdachtsmomente zusammenreiht, während wir auf dem toten Punkt sind.

Nur ein Hoffnungsschimmer dämmerte in mir auf – aber auch er ist nur sehr, sehr schwach. Ich prüfte den Schrank; sein Inhalt war größtenteils herausgenommen und lag auf dem Tisch. Die Papiere waren geordnet und in große Kuverts gesteckt, die dann zugesiegelt worden waren. Die Polizei hatte einige geöffnet. Soweit ich es beurteilen kann, hatten die darin befindlichen Papiere keinen großen Wert, auch das Bankbuch des Mr. Oldacre ließ die Vermögensverhältnisse nicht sehr glänzend erscheinen. Es kam mir aber vor, als ob Papiere fehlen müssten – vielleicht waren das gerade die wichtigsten –, aber ich konnte sie, trotzdem ich alles danach durchsuchte, nicht finden. Dieser Umstand würde natürlich, wenn uns der Nachweis wirklich gelänge, von der größten Bedeutung sein, indem er Lestrades Begründung direkt widerspräche; denn wer wird Wertpapiere stehlen, die er bald erbt?

Am Ende, nachdem ich alles vergeblich durchgesehen hatte, versuchte ich mein Glück mit der Haushälterin. Ihr Name ist Lexington, sie ist ein kleines, dunkles Weib, verschwiegen und argwöhnisch. Sie könnte uns manches sagen, wenn sie wollte, davon bin ich fest überzeugt. Aber sie war stumm wie eine Wachsfigur. Sie habe Mr. Farlane um halb zehn die Tür geöffnet. Sie wünsche, dass ihr lieber vorher die Hand verdorrt wäre. Sie sei um halb elf zu Bett gegangen. Ihr Zimmer liege nach der entgegengesetzten Seite, so dass sie nichts hätte hören können. Erst vom Feuerlärm wäre sie munter geworden. Mr. Farlane habe Hut und Stock im Hausflur gelassen, dessen erinnere sie sich ganz bestimmt. Ihr armer guter Herr wäre sicherlich ermordet worden. ›Hatte er Feinde?‹ Nun, jeder Mensch habe Feinde, aber Mr. Oldacre habe sehr zurückgezogen gelebt und nur geschäftlich mit den Leuten verkehrt. Sie habe die Knöpfe gesehen und genau erkannt, dass sie von dem Anzug seien, den er den letzten Abend angehabt habe. Das Holz sei, weil es vier Wochen nicht geregnet habe, sehr dürr gewesen und habe gebrannt wie Zunder. Als sie dazugekommen wäre, sei alles ein Feuermeer gewesen, man habe nichts mehr unterscheiden können. Sie hätte aber das verbrennende Fleisch gerochen; nicht nur sie, die Löschmannschaft ebenfalls. Von den Papieren, wie von den Privatangelegenheiten des Mr. Oldacre überhaupt, hätte sie keinerlei Kenntnis.

So, mein lieber Watson, das ist der erschöpfende Bericht meines Misserfolges. Und doch – und doch –« – er rang die mageren Hände in voller Überzeugung – »ich weiß, dass alles erlogen und falsch ist, ich fühl's in allen Knochen. Es steckt etwas dahinter, was noch nicht ans Licht gekommen ist und was diese Wirtschafterin weiß. Es lag ein gewisser Trotz in ihrem Auge, wie man ihn nur bei Leuten findet, die eine tiefere Kenntnis von einer Sache haben, die sie aber verschweigen. Aber all dies Denken und Fühlen hilft nichts, Watson; wenn wir nicht noch besonderes Glück haben, befürchte ich, wird der Norwooder Fall im Tagebuch unserer Erfolge, dessen Inhalt, wie ich voraussehe, ein geduldiges Publikum früher oder später doch vorgesetzt bekommen wird, keine Stätte haben.«

»Der Mann sieht aber keinesfalls wie ein Verbrecher aus«, bemerkte ich.

»Das ist ein bedenkliches Beweismittel, lieber Watson. Erinnerst du dich noch an den gefährlichen Mörder Bernt Steven, der unsere Hilfe in Anspruch nahm? Gab es einen kindlicher und harmloser aussehenden Menschen als den?«

»Das stimmt.«

»Wenn es uns nicht gelingt, seine Unschuld durch triftigere Beweise darzutun, ist unser Mann verloren. Die Lestrade'sche Argumentation ist durch alle späteren Nachforschungen gestützt worden, keine einzige Tatsache steht mit ihr in Widerspruch. Nur die fehlenden Papiere würden dagegen sprechen. Das ist der einzige wunde Punkt, und von dem aus muss eine neue Untersuchung von unserer Seite ihren Ausgang nehmen. Bei Durchsicht des Bankbuches habe ich gefunden, dass der ungünstige Stand am Schlusse hauptsächlich von großen Wechselforderungen herrührt, die im letzten Jahr an einen Mr. Cornelius ausgezahlt worden sind. Ich möchte nun zu gern wissen, wer dieser Mr. Cornelius ist, mit dem ein Architekt, der sich zur Ruhe gesetzt hat, so große Geldgeschäfte treibt. Es ist nicht unmöglich, dass er bei der ganzen Sache die Hand im Spiel hat. Er ist vielleicht ein Agent oder Kommissionär, aber wir haben keine Spur von einer Korrespondenz über diese großen Zahlungen gefunden. Aus Mangel an besseren Angriffspunkten müssen meine Nachforschungen zunächst mit einer Nachfrage an der Bank nach jenem Herrn beginnen, der die Wechsel einkassiert hat. Immerhin glaube ich eher, mein lieber Junge, dass dieser Fall unseren Ruhm nicht erhöhen wird. Lestrade wird wohl unseren Klienten aufknüpfen lassen, und Scotland Yard wird triumphieren.«

Ich weiß nicht, ob und wie Holmes in jener Nacht geschlafen hat, aber als ich zum Frühstück kam, fand ich ihn blass und müde aussehend; seine klaren Augen erschienen infolge der dunklen Ringe noch klarer als sonst. Auf dem Teppich unter seinem Stuhl lagen Zigarettenstummel und die ersten Ausgaben der Morgenblätter. Auf dem Tisch lag ein geöffnetes Telegramm.

»Was sagst du dazu, Watson?«, fragte er, indem er mir die Depesche zuwarf.

Sie kam von Norwood und lautete folgendermaßen:

> »Wichtigen neuen Beweis gefunden. Farlanes Schuld endgültig festgestellt. Rate Ihnen, den Fall aufzugeben. – Lestrade.«

»Das klingt ernst«, sagte ich.

»Es ist Lestrades Siegesnachricht«, meinte Holmes, bitter lächelnd. »Und doch würde es zu früh sein, die Sache verloren zu geben. Ein frischer Beweis ist wie ein zweischneidiges Schwert; er kann leicht das Gegenteil dessen beweisen, was Lestrade denkt. Frühstücke rasch; wir wollen dann zusammen hinausfahren und sehen, was sich tun lässt. Ich habe das Gefühl, als ob ich heute deine Gesellschaft und deine moralische Unterstützung brauchte.«

Mein Freund hatte nichts gegessen. Es war eine seiner Eigenarten, in besonderen Momenten keine Nahrung zu sich zu nehmen, und ich habe Fälle mitgemacht, wo er sich auf seine eiserne Natur verließ, bis er vor Hunger ohnmächtig wurde. »Gegenwärtig habe ich keine Kraft zum Verdauen übrig«, pflegte er mir auf meine ärztlichen Vorhaltungen zu antworten. Es fiel mir daher nicht weiter auf, als er auch heute das Frühstück nicht anrührte und nüchtern mit mir nach Norwood aufbrach.

Um Deep Dene House waren noch eine Menge Neugieriger versammelt. Das Haus und seine Lage hatte ich mir ganz richtig vorgestellt. In der Tür kam uns Lestrade mit der Miene des Siegers entgegen.

»Nun, Mr. Holmes, wer hat recht? Haben Sie Ihren Landstreicher schon?«, rief er uns zu.

»Ich habe mir noch kein endgültiges Urteil gebildet«, erwiderte mein Freund.

»Aber wir haben uns gestern unseres schon gebildet und heute hat es sich als richtig erwiesen. Sie müssen also zugeben, dass wir Ihnen diesmal etwas voraus sind, Mr. Holmes.«

»Sie tun so, als ob Sie etwas Besonderes gefunden hätten, als ob ein unerwartetes Moment eingetreten wäre«, sagte Holmes.

Lestrade lachte laut auf.

»Ich glaub' Ihnen schon, dass Sie sich ebenso ungern schlagen lassen, wie die meisten von uns auch. Man kann jedoch nicht erwarten, dass man stets Recht behält, nicht wahr, Herr Doktor? Kommen Sie mit mir, meine Herren, ich glaube, Sie jetzt von der Schuld des jungen Farlane definitiv überzeugen zu können.«

Er führte uns durch einen Gang in einen ziemlich dunklen Vorsaal.

»Hier muss Farlane nach Verübung des Verbrechens durchgekommen sein und seinen Hut geholt haben«, sagte er weiter. »Nun, sehen Sie hier.« Mit theatralischem Gebahren zündete er ein Streichholz an und zeigte uns einen Blutflecken an der weißgetünchten Wand. Als er das Streichholz näher hielt, sah ich, dass es kein bloßer Spritzer, sondern ein deutlicher Daumenabdruck war.

»Nehmen Sie mal die Lupe, Mr. Holmes.«

»Jawohl, ich bin schon im Begriff.«

»Es ist Ihnen wohl bekannt, dass zwei Daumen niemals denselben Abdruck geben?«

»Ich habe schon davon gehört.«

»Dann vergleichen Sie ihn, bitte, mit diesem Wachsabdruck hier, den ich heute morgen vom Daumen des jungen Farlane habe nehmen lassen.«

Als er den Wachsabdruck neben den Blutflecken hielt, bedurfte es keines Vergrößerungsglases, um zweifellos zu erkennen, dass beide von demselben Daumen herrührten. Ich sah ein, dass unser unglücklicher Klient verloren war.

»Das ist das Schlussglied der Beweiskette«, sagte Lestrade.

»Ja, das ist das Schlussglied«, wiederholte ich mechanisch.

»Das ist die Entscheidung«, sagte Holmes.

In seiner Stimme fiel mir etwas auf. Ich drehte mich um und sah ihn an. Sein Ausdruck war vollständig verändert. Er verriet innere Freude. Die Augen glänzten wie Sterne. Mir schien es, als ob er gewaltsam das Lachen unterdrücken müsste.

»Herr des Himmels!«, rief er endlich aus. »Wer hätte so was gedacht? Wie einen das Aussehen eines Menschen doch täuschen kann, wahrhaftig! Allem Anschein nach war er so'n netter Mann! Es wird eine Lehre für uns sein, unserem eigenen Urteil nicht allzu sehr zu vertrauen, nicht wahr Lestrade?«

»Allerdings, Mr. Holmes; es gibt Leute, die ein bisschen zu selbstbewusst, von der Richtigkeit ihrer Auffassung zu sehr eingenommen sind«, antwortete Lestrade. »Der trat so unverfroren und scheinheilig auf, dass man's ihm wirklich nicht zugetraut hätte.«

»Und wie fürsorglich er gehandelt hat, indem er seinen rechten Daumen an die Wand drückte, als er den Hut vom Haken nahm! Und wie natürlich das außerdem ist, wenn man genauer darüber nachdenkt!« Holmes war äußerlich ruhig, während er so sprach, aber einem genauen Kenner wie mir konnte die unterdrückte Erregung nicht verborgen bleiben. »Übrigens, Mr. Lestrade, wer hat denn diese großartige Entdeckung eigentlich gemacht?«

»Die Haushälterin hat den Polizisten, der die Nachtwache hatte, darauf aufmerksam gemacht.«

»Nun, das genügt mir«, sagte Lestrade. »Ich bin kein Theoretiker, Mr. Holmes, ich bin ein Praktiker, die Nachtwache hatte darauf aufmerksam gemacht.«

»Wo befand er sich während der Nacht?«

»Er wachte im Schlafzimmer, wo das Verbrechen begangen worden ist, und passte auf, dass alles unberührt liegen blieb.«

»Nein, nein, allerdings nicht. Und es besteht vermutlich doch kein Zweifel, dass es gestern schon dort war?«

Lestrade sah Holmes an, als ob er ihn für nicht ganz zurechnungsfähig hielt. Ich muss gestehen, dass ich selbst über seinen guten Mut und über seine Bemerkungen erstaunt war.

»Es scheint mir beinahe, als ob Sie glaubten, dass Farlane im Dunkel der Nacht aus dem Gefängnis hierher geeilt sei, um sich selbst zu bezichtigen«, antwortete Lestrade nach einiger Zeit auf Holmes' merkwürdige Frage. »Ich überlasse jedem Sachverständigen die Entscheidung, ob das sein Daumenabdruck ist oder nicht.«

»Zweifelsohne ist es sein Daumenabdruck.«

»Nun, das genügt mir«, sagte Lestrade. »Ich bin kein Theoretiker, Mr. Holmes, ich bin ein Praktiker, und wenn ich die Beweismittel habe, ziehe ich meine Schlüsse daraus. Sollten Sie mir später noch etwas mitzuteilen haben, so finden Sie mich im Empfangszimmer; ich will dort meinen Bericht niederschreiben.«

Holmes hatte seinen seelischen Gleichmut wiedergefunden, aber ich sah ihm an, dass er doch noch gut gelaunt war.

»In der Tat, die Sache hat eine sehr schlimme Wendung genommen, nicht wahr, Watson?«, sagte er zu mir, als wir allein waren. »Und doch gibt es einzelne Punkte, von denen noch Hoffnungsstrahlen für unseren Klienten ausgehen.«

»Das freut mich ungemein«, antwortete ich von Herzensgrund. »Ich fürchtete, es sei ganz aus mit ihm.«

»Das möchte ich noch nicht sagen, mein lieber Watson, denn Lestrades Beweis hat tatsächlich eine Lücke, die für unseren Freund von größter Wichtigkeit ist.«

»Wirklich, Holmes?! Die wäre?«

»Das ist der Umstand, dass ich weiß, dass dieser Flecken noch nicht dort war, als ich gestern diesen Vorraum untersuchte – komm, Watson, wir wollen jetzt einen kleinen Spaziergang draußen in der Sonne machen.«

Ich begleitete ihn. Im Kopf war ich ziemlich wirr, aber im Herzen hatte ich neue Hoffnung. Wir gingen im Garten umher. Holmes nahm das Haus von allen Seiten genau in Augenschein und zeigte ein auffallendes Interesse an der Bauart. Dann ging er hinein und untersuchte das ganze Gebäude vom Grund bis zum

Dach. Die meisten Räume waren unmöbliert, aber Holmes besah sie sich doch. Endlich auf dem obersten Treppenflur, auf den drei unbenützte Zimmer mündeten, zeigte er eine grenzenlose Freude.

»Dieser Fall ist wirklich einzig in seiner Art, Watson«, sagte er. »Ich glaube, es ist nun an der Zeit, dass wir den guten Lestrade ins Vertrauen ziehen. Er hat sich auf unsere Kosten ein bisschen lustig gemacht, nun, wenn meine Ansicht sich als richtig erweist, können wir's ihm jetzt heimzahlen. Oh ja, ich sehe, wir kommen der Sache auf den Grund.«

Der Polizeiinspektor saß noch im Empfangszimmer und schrieb.

»Sie machen Ihren Bericht?«, unterbrach ihn Holmes.

»Jawohl, das tue ich.«

»Meiner Meinung nach ist es noch etwas zu früh; ich kann mir nicht helfen, aber ich glaube, Ihr Beweis hat eine Lücke.«

Lestrade kannte meinen Freund zu gut, um seine Worte nicht zu beachten. Er legte die Feder beiseite und blickte ihn gespannt an.

»Was wollen Sie damit sagen, Mr. Holmes?«

»Ich meine nur, dass Sie einen wichtigen Zeugen noch nicht vernommen haben.«

»Können Sie ihn beibringen?«

»Ich glaube, ich kann's.«

»Dann tun Sie's doch!«

»Ich will's versuchen. Wie viele Polizisten haben Sie hier?«

»Drei stehen Ihnen zur Verfügung.«

»Schön«, sagte Holmes. »Darf ich fragen, ob es kräftige Männer mit guten Lungen sind?«

»Ich zweifle nicht daran; aber ich sehe vorläufig nicht ein, was die Beschaffenheit ihrer Lungen mit der Sache zu tun hat.«

»Das werden Sie bald erfahren, und hoffentlich noch viel mehr«, antwortete Holmes.

»Rufen Sie, bitte, Ihre Leute. Ich will das Experiment beginnen.«

Nach fünf Minuten waren die drei Schutzleute zur Stelle.

»Im Nebengebäude werden Sie eine größere Menge Stroh vorfinden. Wollen Sie, bitte, zwei Bund davon hierherbringen«, sagte Holmes. »Ich glaube, es wird uns zur Herbeischaffung des fehlenden Zeugen vortreffliche Dienste leisten. – Recht so. Ich danke Ihnen bestens. Hast du Streichhölzer, Watson? Nun, Mr. Lestrade, bitte ich Sie und Ihre Leute, mit mir auf den oberen Korridor zu kommen.«

Wie ich erwähnt habe, mündeten auf diesen geräumigen Vorplatz drei leere Kammern. Holmes gebot uns, recht still zu sein, und dirigierte uns alle an das eine Ende. Die Polizisten grinsten, und Lestrade starrte meinen Freund erstaunt an. In seinem Gesicht wechselten der Ausdruck der Verwunderung, der Erwartung und des Spottes miteinander ab. Holmes stand vor uns wie ein Zauberer, der ein Kunststück zeigen will.

»Wollen Sie so gut sein und einen Mann zwei Gießkannen voll Wasser holen lassen? Legen Sie das Stroh hier mitten auf den Boden, sodass es die Wand nicht berührt. Nun sind wir mit den Vorbereitungen wohl fertig.«

Lestrade fing an, ärgerlich zu werden.

»Ich weiß nicht, ob Sie sich einen Scherz mit mir erlauben wollen, Mr. Holmes«, sagte er. »Wenn Sie etwas wissen, so können Sie es auch ohne diesen Hokuspokus sagen.«

»Ich kann Ihnen die Versicherung geben, mein lieber Lestrade, dass ich für alles, was ich tue, meine guten Gründe habe. Sie können sich vielleicht entsinnen, dass Sie mich vor ein paar Stunden, als Ihnen das Glück zu lächeln schien, auch ein wenig neckten, nun dürfen Sie mir das bisschen Zeremoniell aber auch nicht gleich übelnehmen. Willst du nun das Fenster dort aufmachen, Watson, und das Stroh anzünden?«

Ich tat, was er mich geheißen hatte. Infolge des Zuges erhob sich bald eine dicke graue Rauchwolke, das trockene Stroh prasselte, und die hellen Flammen schlugen empor.

»Nun müssen wir sehen, ob Ihr Zeuge herauskommt, Lestrade. Darf ich Sie bitten, gleichzeitig mit mir in den Ruf ›Feuer!‹ auszubrechen? Also: eins, zwei, drei –«

»Feuer!«, schrien wir alle.

»Danke Ihnen. Ich muss Sie noch einmal bemühen.«

»Feuer!«

»Nun zum dritten Mal, meine Herren, so laut Sie können –«

»Feuer!« Ganz Norwood muss es gehört haben.

Der Ruf war kaum verhallt, als etwas Ungeahntes eintrat. An der scheinbar soliden Wand am Ende des Korridors tat sich plötzlich eine Tür auf, und hervorstürzte, wie ein Kaninchen aus seinem Loch, ein kleines, schmächtiges Männlein mit grauem Haar und weißen Wimpern.

»Ausgezeichnet!«, rief Holmes. »Watson, einen Eimer Wasser aufs Stroh! Gut so! – Mr. Lestrade, erlauben Sie, dass ich Ihnen den fehlenden Hauptzeugen vorstelle, Mr. Jonas Oldacre.«

Das kleine Männchen blinzelte, geblendet von dem hellen Tageslicht, unaufhörlich mit den Augen, und guckte bald uns an, bald das qualmende Stroh. Er hatte ein widerwärtiges Gesicht – verschmitzt und bösartig – und hellgraue, listige Augen.

Der Detektiv starrte die geisterhafte Erscheinung sprachlos an. Nach einer Weile fand er endlich wieder Worte.

»Was soll denn das heißen?«, sagte er. »Wo haben Sie denn die ganze Zeit gesteckt, he?«

Oldacre fuhr zurück vor dem zorngeröteten Gesicht des Inspektors und erwiderte dann mit erzwungenem Lächeln:

»Ich hab' nichts Böses getan.«

»Nichts Böses? Sie wollten einen unschuldigen Mann an den Galgen bringen. Wenn dieser Herr nicht gewesen wäre, würde es Ihnen wahrscheinlich auch gelungen sein.«

Das traurige Geschöpf fing an zu winseln.

»Sicher, Herr, es war nur 'n Spaß.«

»Ein eigentümlicher Spaß! Sie sollen nicht darüber zu lachen haben, dafür bin ich Ihnen gut. Nehmt ihn mit hinunter und haltet ihn im Wohnzimmer fest, bis ich komme. – Mr. Holmes«, fuhr er fort, als die Schutzleute hinuntergegangen waren, »ich konnte in Gegenwart der Leute nicht sprechen, aber im Beisein des Dr. Watson erkläre ich frei heraus: das ist der feinste Streich, den Sie je ausgeführt haben – es ist mir freilich noch ein Rätsel, wie Sie's angefangen haben – Sie haben einen Unschuldigen gerettet und einen großen Skandal verhütet, der meinen Ruf bei der Polizei untergraben haben würde.«

Holmes lächelte und klopfte Lestrade auf die Schulter.

»Ihr Renommee in Scotland Yard soll durch diesen Fall bedeutend gehoben werden, mein guter Herr. Sie brauchen nur ein paar Stellen in Ihrem Bericht zu ändern, und alle Welt wird sagen, dass es schier unmöglich ist, dem Inspektor Lestrade Sand in die Augen zu streuen.«

»Wünschen Sie denn gar nicht, dass Ihr Name erwähnt wird?«, fragte Lestrade verwundert.

»Durchaus nicht. Diese Tat birgt ihren Lohn in sich selbst. Vielleicht werde ich eines Tages, wenn ich meinem eifrigen Geschichtsschreiber die Erlaubnis erteile, die Genugtuung haben, sie gedruckt zu sehen – wie, Watson? Nun wollen wir uns mal das Nest ansehen, in dem die Ratte gesteckt hat.«

Es war ein sechs Fuß langer Bretterverschlag, von der Breite des Flurs; er war genau wie die übrigen Wände tapeziert und hatte einen unsichtbaren Zugang. Durch einige Ritze unter der Dachrinne drang spärliches Licht hinein. Darin befanden sich ein paar kümmerliche Möbelstücke, eine Anzahl Bücher und Papiere und ein Vorrat von Nahrungsmitteln und Wasser.

»Das ist der Vorteil, wenn man Baumeister ist«, sagte Holmes beim Heraustreten. »Er war imstande, sein Versteck ohne fremde Beihilfe herzurichten – natürlich abgesehen von der prächtigen Wirtschafterin, die ich gleichfalls Ihrer Obhut anempfehlen möchte, Lestrade.«

»Sie soll entschieden ihrem Herrn das Geleite geben, Mr. Holmes. Aber vor allen Dingen sagen Sie mir: Wie haben Sie Kenntnis von diesem Raum erlangt?«

»Ich kam zu dem Schluss, dass der Besitzer noch im Hause sein müsste. Als ich nun die Korridore abschritt und fand, dass der obere sechs Fuß kürzer war als der entsprechende untere, war es mir ganz klar, wo er steckte. Wir hätten natürlich ebenso gut gleich hineingehen und ihn festnehmen können, aber es machte mir mehr Vergnügen, ihn selbst herauskommen zu lassen; außerdem wollte ich mich durch die Geheimnistuerei für Ihre Spöttelei von heute morgen etwas entschädigen, Mr. Lestrade.«

»Na, die haben Sie redlich wettgemacht. Aber, wie in aller Welt kamen Sie auf den Gedanken, dass er überhaupt im Haus verborgen sei?«

»Der Daumenabdruck sagte mir's, Lestrade. Sie meinten, er wäre das Endglied der Kette; das war er auch, nur in einem ganz anderen Sinn. Ich wusste nämlich, dass er am Tag vorher noch nicht dort gewesen war. Ich schenke allen Einzelheiten eine weitgehende Beachtung, wie Sie wohl schon bemerkt haben werden, und ich hatte den Vorraum gründlich besichtigt und keinen Flecken an der Wand gefunden. Er musste also ohne Zweifel erst während der Nacht hingekommen sein.«

»Aber wie?«

»Sehr einfach. Als die Briefschaften versiegelt wurden, hat der junge Farlane einmal seinen Daumen als Petschaft benutzt. Es ist vielleicht in der Eile und ganz zufällig geschehen, so dass sich der junge Herr wohl selbst nicht mehr daran erinnern kann. Sehr wahrscheinlich ist es so unabsichtlich gewesen, dass auch Oldacre nicht gleich bedacht hat, wozu es ihm später nützen sollte. Als er in seinem Bau den Fall genauer überlegt hat, wird ihm erst eingefallen sein, was für ein absolut zuverlässiges Beweismittel er durch Benutzung dieses Abdrucks der Polizei liefern könnte. Auf die einfachste Art der Welt konnte er einen Wachsabdruck davon machen, ihn mit einem Tropfen Blut von einem Stecknadelstich benetzen und über Nacht den Flecken an der Wand erzeugen. Ob er es nun selbst getan hat oder die Haushälterin, das weiß ich nicht, ist auch ziemlich gleichgültig. Dagegen gehe ich jede Wette mit Ihnen ein, dass Sie das Siegel mit dem Daumen finden, wenn Sie die Briefschaften durchsehen, die er in sein Versteck mitgenommen hatte.«

»Großartig!«, rief Lestrade. »Großartig! Wie Sie es auseinandersetzen, ist alles klar wie Kristall. Was aber ist der Grund dieses ganzen Betrugs?«

Es amüsierte mich, wie das hochmütige Verhalten des Inspektors von heute früh sich so sehr geändert hatte, und wie er sich nun gleich einem Kind gebürdete, das Fragen an seinen Lehrer stellt.

»Ich halte es für nicht sehr schwer, diese Handlungsweise zu erklären. Der Herr, der jetzt unten wartet, ist eine sehr tiefgründige, bösartige und rachsüchtige Natur. Sie wissen doch, dass er einst von Farlanes Mutter den Laufpass bekommen hat? Sie wissen's nicht! Ich sagte Ihnen gleich, dass man zuerst nach Blackheath und dann nach Norwood gehen müsste. Also, diese Kränkung, wie er es auffasste, hat ihm sein ganzes Leben lang keine Ruhe gelassen, er hat stets auf Rache gesonnen, ohne je eine günstige Gelegenheit zu finden. In den letzten ein oder zwei Jahren hat er Geldverluste gehabt – ich denke mir durch heimliche Spekulationen – und es geht rückwärts mit ihm. Er sucht seine Gläubiger zu beschwindeln und stellt hohe Wechsel aus, zahlbar an einen gewissen Cornelius, was meiner Meinung nach nur ein falscher Name seiner eigenen Person ist. Wenn ich die Spur dieser Wechsel auch noch nicht verfolgt habe, so unterliegt es für mich doch schon jetzt keinem Zweifel, dass sie nach einer Provinzialbank führt, wo Oldacre von Zeit zu Zeit unter diesem Namen aufgetaucht ist. Er hat die Absicht gehabt, dann überhaupt seinen Namen zu wechseln, das Geld einzuziehen und irgendwo ein neues Leben zu beginnen.«

»Das klingt nicht unwahrscheinlich.«

»Durch sein Verschwinden glaubte er, seine Spur vollkommen zu verwischen und gleichzeitig an seiner ehemaligen Braut die schwerste Rache nehmen zu können, indem er auf ihr einziges Kind den Verdacht lenkte, ihn ermordet zu haben. Es war ein Meisterstück der Schurkerei, und er hatte es meisterhaft ausgeführt. Die Geschichte mit dem Testament, das ein treffliches Motiv zur Tat abgeben musste, der heimliche nächtliche Besuch ohne Wissen der eigenen Eltern, die Zurückbehaltung des Stockes, das Blut, die tierischen Überreste und die Knöpfe in der Asche, alles war erstaunlich geschickt gemacht. Es war ein Netzwerk, aus dem zu entschlüpfen ich für das unschuldige Opfer noch vor ein paar Stunden keine Möglichkeit sah. Aber es fehlte ihm die höchste Gabe des Künstlers, die Mäßigung, die Beschränkung. Er wollte, was schon vollkommen war, noch vollkommener machen – den Strick am Hals seines Opfers noch fester ziehen –, und dadurch verdarb er das Ganze. Wir wollen nun zu ihm hinuntergehen, Lestrade. Ich möchte noch ein paar Fragen an ihn richten.«

Die elende Kreatur saß im eigenen Empfangszimmer, mit einem Schutzmann an jeder Seite.

»Es war nur 'n Scherz, mein guter Herr, weiter nichts als 'n Scherz«, winselte er unaufhörlich. »Ich versichere Ihnen, mein Herr, dass ich mich nur verborgen hatte, um die Wirkung meines Verschwindens zu beobachten. Sie werden doch nicht so unrecht von mir denken und glauben, dass ich dem jungen Mr. Farlane auch nur das geringste Leid hätte antun lassen.«

»Darüber hat das Gericht zu entscheiden«, antwortete Lestrade. »Vorläufig werden Sie sich wegen Verschwörung, wenn nicht wegen versuchten Mordes zu verantworten haben.«

»Und außerdem werden Sie die schmerzliche Erfahrung machen müssen, dass Ihre Gläubiger das Bankguthaben des Mr. Cornelius mit Beschlag belegen«, sagte Holmes.

Das schmächtige Männchen sprang vom Stuhl auf und warf meinem Freund wütende Blicke zu.

»Ihnen habe ich das meiste zu danken«, erwiderte er hasserfüllt; »vielleicht kann ich Ihnen meine Schuld eines Tages heimzahlen.«

Holmes lächelte nachsichtig.

»Die nächsten paar Jahre werden Sie, glaube ich, kaum die nötige Zeit dazu finden«, erwiderte er ruhig. »Aber vielleicht beantworten Sie mir jetzt noch eine Frage: Was haben Sie außer Ihren alten Hosen noch in den Holzhaufen geworfen? Einen toten Hund, ein paar Kaninchen oder was sonst? Sie wollen mir's nicht sagen? Ei, ei, sind Sie unhöflich! Nun, ein paar Kaninchen genügten, um das Blut zu liefern und die verkohlten Knochenreste. – Falls du jemals diese Geschichte niederschreiben solltest, Watson, so denke an die Kaninchen!«

DIE TANZENDEN MÄNNCHEN

Sherlock Holmes hatte stundenlang über eine Porzellanschale gebeugt gesessen, in der er ein besonders übelriechendes chemisches Erzeugnis braute. Sein Kopf war auf die Brust herabgesunken, und der lange, schmale Rücken war so gekrümmt, dass die Gestalt meines Freundes einem schlanken Vogel mit grauem Gefieder und schwarzer Haube glich.

»Du willst also keine südafrikanischen Papiere kaufen, Watson?«, sagte er urplötzlich.

Ich konnte mein Erstaunen über diese Frage nicht unterdrücken. Obgleich er mir schon häufig Beweise bewundernswerter Fähigkeiten gegeben hatte, war mir doch dieses Erraten meiner innersten Gedanken gänzlich unfassbar.

»Woher in aller Welt weißt du das?«, fragte ich ihn.

Holmes drehte sich auf seinem Stuhl um. Er hatte ein rauchendes Reagenzröhrchen in der Hand, und seine tiefliegenden Augen zeigten eine vergnügte Stimmung an.

»Nun, Watson, du bist überrascht?«, sagte er.

»Das bin ich allerdings.«

»Dieses Zugeständnis sollte ich mir eigentlich schriftlich von dir geben lassen.«

»Warum?«

»Weil du in fünf Minuten sagen wirst, auf diesen Gedanken zu kommen, sei ungeheuer einfach gewesen.«

»Das werde ich sicher nicht sagen.«

»Pass mal auf, mein lieber Watson«, – er steckte das Probierröhrchen in das Gestell und begann mit der Miene eines Lehrers zu reden, der zu seinen Schülern spricht – »es ist tatsächlich nicht so schwer, eine Reihe von Schlüssen zu ziehen, von denen jeder aus dem vorhergehenden folgt, und von denen jeder einzelne sehr leicht ist. Wenn man das tut und dann die mittleren weglässt und seinen Zuhörern nur den ersten und letzten sagt, so kann man eine verblüffende, mitunter eine geradezu wunderbare Wirkung erzielen. So war es wahrhaftig keine Kunst, an deinem linken Zeigefinger und Daumen zu erkennen, dass du die Absicht, dein kleines Vermögen in afrikanischen Minenwerten anzulegen, aufgegeben hast.«

»Hier sehe ich keinerlei Verbindung.«

»Das ist wohl möglich, aber ich kann dir schnell die einzelnen Glieder der Kette der Reihe nach zeigen. Erstens: Als du gestern Abend aus dem Klub kamst, hattest du Kreidespuren an Daumen und Zeigefinger der linken Hand. Zweitens: Das ist nur der Fall, wenn du Billard gespielt und den Stock mit Kreide bestrichen hast. Drittens: Du spielst nur mit Thurston Billard. Viertens: Du erzähltest mir vor vier Wochen, dass Thurston südafrikanische Aktien, die nach einem Monat ausgegeben würden, zu kaufen gedenke und du dich daran beteiligen wolltest. Fünftens: Dein Scheckbuch ist in meinem Schrank eingeschlossen, und du hast bis heute noch nicht nach dem Schlüssel gefragt. Sechstens: Du hast also die Absicht aufgegeben, dein Geld in diesen Werten anzulegen.«

»Wie ungeheuer einfach!«, rief ich unwillkürlich aus.

»Genau, wie ich gesagt hatte«, fuhr mein Freund etwas ärgerlich fort. »Jedes Problem erscheint dir kinderleicht, nachdem man dir es erklärt hat. Hier habe ich aber eins, das noch nicht erklärt ist. Sieh, was du damit machen kannst, alter Freund.« Er warf mir ein Blatt Papier auf den Tisch und wandte sich wieder seiner chemischen Analyse zu.

Ich betrachtete erstaunt die merkwürdigen Hieroglyphen auf dem Papier.

»Ei nun, Holmes«, rief ich, »das hat ein Kind gemacht!«

»Das ist deine Ansicht!«

»Was soll es denn sonst sein?«

»Ja, das möchte Mr. Hilton Cubitt aus Riding in Norfolk auch gerne wissen. Das kleine Rätsel ist mit der ersten Post eingelaufen, und der Absender selbst will mit dem nächsten Zug kommen … Es klingelt, Watson, und es sollte mich gar nicht überraschen, wenn er es schon wäre.«

Auf der Treppe wurden schwere Tritte hörbar, und im nächsten Augenblick machte ein großer, frisch aussehender Herr mit glattrasiertem Gesicht unsere Stubentür auf. Seine klaren Augen und seine blühende Gesichtsfarbe sagten uns, dass er gewiss keinen Beruf habe, der ihn an die Stadt fessele. Er schien bei seinem Eintritt einen Hauch der kräftigen, nervenstärkenden Seeluft sei-

ner Heimat mitzubringen. Als er jedem von uns die Hand geschüttelt hatte und Platz nehmen wollte, fiel sein Blick auf das
Papier mit den sonderbaren Zeichen, das ich eben in der Hand
gehabt und wieder auf den Tisch gelegt hatte.

»Nun, Mr. Holmes, was meinen Sie dazu?«, rief er mit marki-
ger Stimme aus. »Man hat mir erzählt, dass Ihnen solche rätselhaften Sachen Spaß machen, und ich glaube kaum, dass es eine
rätselhaftere gibt als diese. Ich habe den Zettel vorausgeschickt,
damit Sie ihn vor meiner Ankunft studieren könnten.«

»Es ist wirklich eine seltsame Schreiberei«, erwiderte Holmes.
»Auf den ersten Blick könnte man es für das Gekritzel eines Kin-
des halten. Es besteht aus einer Anzahl kleiner Figuren, die über
das Papier tanzen. Warum legen Sie diesem dummen Zeug überhaupt eine besondere Bedeutung und so große Wichtigkeit bei?«

»Mir würde es gar nicht einfallen, aber meine Frau tut's. Sie ist
darüber zu Tod erschrocken. Sie sagt zwar nichts, ich kann ihr
aber die Furcht aus den Augen ablesen, und darum möchte ich
der Sache auf den Grund gehen.«

Holmes nahm den Zettel und hielt ihn gegen das helle Tageslicht. Es war ein Blatt aus einem Notizbuch. Die Zeichen waren
mit Bleistift gemacht und sahen ungefähr so aus:

Holmes prüfte das Blatt eine Zeitlang, faltete es dann sorgfältig zusammen und legte es in ein Notizbuch.

»Es verspricht ein äußerst interessanter und ungewöhnlicher
Fall zu werden«, sagte er. »Sie haben mir in Ihrem Brief bereits
einige nähere Angaben gemacht, es würde mir aber angenehm
sein, wenn Sie im Interesse meines Freundes Doktor Watson hier
das Ganze noch einmal im Zusammenhang erzählen wollten.«

»Ich bin durchaus kein glänzender Erzähler«, sagte unser Besucher und rieb sich nervös die großen, kräftigen Hände; »Sie
müssen mich fragen, wenn ich die Sache nicht ordentlich klar
mache. Ich muss mit meiner Verehelichung im vorigen Jahr anfangen. Ich will nur vorausschicken, dass, wenn ich auch kein reicher Mann bin, meine Vorfahren doch seit fünfhundert Jahren in
Riding ansässig sind und meine Familie die bekannteste in der

ganzen Grafschaft ist. Vergangenes Jahr kam ich zum Jubiläum nach London rauf und logierte in einem Haus am Russell Square, weil der Geistliche unserer Gemeinde, Pastor Parker, auch da wohnte. Dort war auch eine junge Amerikanerin – namens Patrick – Elsie Patrick. Wir befreundeten uns, und ehe ein Monat um war, war ich so in sie verliebt, wie es ein Mann nur sein kann. Wir ließen uns in aller Stille trauen und kehrten als junges Ehepaar nach Norfolk zurück. Es wird Ihnen als recht leichtsinnig erscheinen, Mr. Holmes, dass ein Mann aus einer guten, alten Familie sich in dieser Weise eine Frau nimmt, das heißt, ohne etwas über ihre Herkunft und ihre Vergangenheit zu wissen; wenn Sie sie aber sähen und näher kennen würden, würden Sie es begreiflich finden.

Sie war sehr offen in dieser Beziehung, die Elsie. Sie hielt wahrhaftig nicht damit hinterm Berg, als ich sie fragte. ›Ich habe sehr unangenehme Verhältnisse in meinem Leben durchgemacht‹, antwortete sie, ›ich suche sie zu vergessen. Ich spreche nicht gerne davon, denn es ruft stets peinliche Erinnerungen in mir wach. Wenn du mich zur Frau nimmst, bekommst du eine, die nichts auf dem Gewissen hat, dessen sie sich persönlich zu schämen braucht; aber du musst dich mit meinem Wort zufrieden geben und mir versichern, dass du mich über das, was bis zu meiner Verheiratung vorgefallen ist, nicht fragen wirst. Wenn du diese Bedingungen nicht einhalten zu können glaubst, so gehst du lieber allein nach Norfolk und lässt mich das einsame Leben weiterführen, das ich bisher geführt habe.‹ Erst am Tag vor der Hochzeit sprach sie in dieser Weise zu mir. Ich antwortete darauf, dass ich sie unter der von ihr gestellten Bedingung nehmen wollte und habe mein Wort seither gehalten.

Wir sind nun ein Jahr verheiratet und haben sehr glücklich miteinander gelebt. Doch vor etwa einem Monat, Ende Juni, bemerkte ich die ersten Anzeichen einer Veränderung in unserem Verhältnis. Eines Tages bekam meine Frau aus Amerika einen Brief. Ich erkannte die amerikanische Marke. Elsie wurde leichenblass, las das Schreiben und warf es ins Feuer. Sie erwähnte die Sache später mit keinem Wort, und ich fing auch nicht davon an, denn versprochen bleibt versprochen; aber sie hat seit jener Zeit keine vergnügte Stunde mehr gehabt. Ihr Gesicht verrät stets eine gewisse Angst, sie sieht aus, als ob sie etwas Schlimmes befürchte. Es wäre besser, wenn sie sich mir anvertraute. Sie würde in mir ihren besten Freund finden. Aber wenn sie sich nicht selbst zu reden entschließt – ich darf den Anfang nicht machen. Wohlverstanden, sie ist ein treues Weib, Mr. Holmes, und was auch früher vorgefallen sein mag, sie trägt sicher nicht die Schuld daran. Ich bin ein einfacher Gutsbesitzer in Norfolk, aber in ganz England hält niemand seine Familie höher als ich. Das weiß sie sehr genau, und sie wusste es auch bereits vor unserer Heirat. Sie würde nie einen Makel darauf geladen haben – dessen bin ich sicher.

Ich komme nun erst auf den Kern der ganzen beunruhigenden Angelegenheit, auf den Teil, zu dessen Lösung ich Ihre Hilfe in Anspruch nehmen möchte. Vor ungefähr acht Tagen – es war am Dienstag voriger Woche – entdeckte ich auf einer Fensterschwelle eine Anzahl kleiner tanzender Figuren, wie die hier auf dem Papier. Sie waren mit Kreide drauf gekritzelt. Ich dachte, der Stalljunge wäre es gewesen, er schwor jedoch, nichts davon zu wissen. Wie dem auch sein mochte, sie waren während der Nacht dahin gekommen. Ich wischte sie aus und erwähnte es meiner Frau gegenüber erst später. Zu meiner Überraschung nahm sie die Sache sehr ernst und bat mich, wenn ich wieder welche fände, sie ihr gleich zu zeigen. Eine Woche lang erschien kein neues Männchen, aber gestern Morgen lag dieses Papier hier auf der Sonnenuhr im Garten. Ich gab es Elsie, und sie fiel in Ohnmacht. Seitdem trägt sie ein ganz träumerisches Wesen zur Schau, ist vollkommen verstört, und die Furcht guckt ihr aus beiden Augen. Ich schrieb sofort an Sie, Mr. Holmes, und legte den Zettel bei. Ich konnte die Sache nicht der Polizei übergeben, denn sie würde mich ausgelacht haben, aber Sie werden mir raten können, was ich tun soll. Ich bin kein reicher Mann; aber wenn meiner Frau Unheil droht, bin ich bereit, den letzten Heller zu opfern.«

Er war eine sympathische Erscheinung, dieser Mann von altem Schrot und Korn, einfach, gerade und edel, mit treuen, blauen Augen und einem offenen, hübschen Gesicht. Die Liebe und das Vertrauen zu seiner Frau sprachen aus seinen Zügen und aus seinen Äußerungen. Holmes hatte der Erzählung aufmerksam zugehört und saß, in Nachdenken versunken, schweigend auf seinem Stuhl.

»Meinen Sie nicht, Mr. Cubitt«, sagte er nach einiger Zeit, »dass es die beste Lösung wäre, wenn Sie sich direkt mit Ihrer Frau verständigen und sie bäten, Ihnen ihr Geheimnis anzuvertrauen?«

Hilton Cubitt schüttelte sein Haupt.

»Versprechen bleibt Versprechen, Mr. Holmes. Wenn mir's Elsie mitteilen wollte, würde sie es freiwillig tun. Wenn sie es nicht will, kann ich sie nicht zwingen. Aber das Recht habe ich, anderweitig die nötigen Schritte zur Aufklärung der Sache zu tun – und das will ich.«

»Dann will ich Ihnen mit allen Kräften beistehen. Also vor allen Dingen, haben Sie etwas von Fremden in Ihrer Nachbarschaft gesehen oder gehört?«

»Nein.«

»In Ihrer Heimat ist doch wohl wenig Verkehr, so dass jedes fremde Gesicht auffallen würde?«

»In der unmittelbaren Umgebung, ja. Aber etwas weiter ab liegen kleine Badeorte, deren Bewohner im Sommer Gäste aufnehmen.«

»Diese Hieroglyphen sind sicher nicht ohne Bedeutung. Wenn sie rein willkürlich gewählt sind, wird es kaum möglich sein, sie zu entziffern. Liegt dagegen ein System darin, so zweifle ich nicht, dass wir eine Lösung finden werden. Das vorliegende Muster ist jedoch zu klein, um etwas damit anfangen zu können, und die Tatsachen, die Sie uns erzählt haben, sind zu unbestimmt, um eine sichere Unterlage für die weitere Untersuchung abgeben zu können. Ich möchte Ihnen daher vorschlagen, jetzt nach Norfolk zurückzukehren, genau auf alles aufzupassen und irgendwelche neue tanzende Männchen getreu nachzuzeichnen. Es ist außerordentlich schade dass wir keine Abschrift der ersten Zeichen haben, die mit Kreide auf das Fenster geschrieben waren. Erkundigen Sie sich auch vorsichtig nach etwaigen Fremden in der Umgebung. Sobald Sie etwas Neues in Erfahrung gebracht haben, kommen Sie gleich wieder zu mir. Einen anderen Rat kann ich Ihnen vorläufig nicht geben, Mr. Cubitt. In dringenden Fällen bin ich stets bereit, hinunter zu fahren und Sie aufzusuchen.«

Nach diesem Interview war mein Freund sehr nachdenklich, und im Lauf der nächsten Tage sah ich ihn wiederholt das Blättchen Papier aus dem Notizbuch nehmen und lange und ernst die merkwürdigen Zeichen betrachten. Er sprach jedoch nie wieder von dieser Angelegenheit, bis ich, nach vierzehn Tagen oder noch später, ausgehen wollte und er mir plötzlich zurief:

»Du würdest besser hier bleiben, Watson.«

»Warum?«

»Weil ich heute morgen von Cubitt – du erinnerst dich doch noch des Mannes mit den tanzenden Figuren? – ein Telegramm erhalten habe. Er will ein Uhr zwanzig auf der Station Liverpool Street ankommen und muss also jeden Augenblick hier sein. Ich schließe aus der Depesche, dass er wichtige Nachrichten mitbringen wird.«

Es dauerte gar nicht lange, als unser Norfolker Kunde auch schon im schnellsten Tempo in einer Droschke vorgefahren kam. Er sah niedergeschlagen und abgespannt aus, die klaren Augen waren trübe, und die heitere Stirn war in Falten gezogen.

»Die Geschichte fällt mir allmählich auf die Nerven, Mr. Holmes«, begann er und ließ sich ermattet in einen Lehnstuhl sinken. »Es ist schon ein ziemlich unbehagliches Gefühl, sich heimlich von unbekannten Menschen umgeben zu wissen, die etwas gegen einen im Schild führen; wenn man aber zudem mitansehen muss, wie die eigene Frau dabei zugrunde geht, wird die Sache nachgerade unerträglich. Sie wird immer siecher, zusehends siecher.«

»Hat sie noch nichts geäußert?«

»Nein, Mr. Holmes, kein Wort. Und doch hat das arme Weib manchmal das Bedürfnis gehabt, zu sprechen – ich hab's ihr angesehen – aber sie hat's nicht über sich gebracht. Ich hab's ihr erleichtern wollen, aber ich muss sagen, ich hab's so ungeschickt angefangen, dass ich's ihr vielmehr erschwert und sie davon abgebracht habe. Sie redete von meiner alten Familie, von unserem guten Ruf in der Grafschaft und von unserem Stolz auf unsere unbefleckte Ehre. Ich merkte, dass sie etwas auf dem Herzen hatte, aber auf einmal sprang sie von diesem Thema ab, ohne zu Ende gekommen zu sein.«

»Aber Sie haben für sich neue Entdeckungen gemacht?«

»Mancherlei, Mr. Holmes. Ich bringe Ihnen hier verschiedene tanzende Männchen zur Prüfung mit, und, was das Wichtigste ist, ich habe den Kerl gesehen!«

»Was, den Schreiber der Figuren?«

»Jawohl, ich habe ihn bei der Arbeit beobachtet. Aber ich will Ihnen alles in der richtigen Reihenfolge berichten. Als ich nach dem Besuch bei Ihnen nach Hause zurückgekehrt war, fand ich gleich am nächsten Morgen wieder neue tanzende Männchen. Sie waren mit Kreide an das schwarze hölzerne Tor des Wagenschuppens gezeichnet, die man von den vorderen Fenstern unseres Wohnhauses gerade vor Augen hat. Ich habe sie genau nachgemacht, hier ist die Kopie.« Er faltete einen Zettel auseinander und legte ihn auf den Tisch. Die Zeichen sahen folgendermaßen aus:

»Ausgezeichnet!«, sagte Holmes. »Ausgezeichnet! Bitte fahren Sie fort.«

»Nachdem ich die Abschrift genommen hatte, löschte ich die Dinger aus; am übernächsten Morgen war jedoch wieder eine neue Serie dort, deren Kopie ich hier habe.«

Holmes rieb sich die Hände und lachte vor Vergnügen über die günstige Weiterentwicklung.

»Unser Material mehrt sich erfreulich schnell«, sagte er.

»Drei Tage darauf fand ich wieder ein Blatt Papier mit den rätselhaften Figuren an der Sonnenuhr. Ich habe es hier. Es sind, wie Sie sehen, genau dieselben Zeichen darauf, wie auf dem letzten. Nun entschloss ich mich endlich, dem Schreiber aufzulauern. Ich nahm meinen Revolver und setzte mich in mein Zimmer, von dem aus ich den Hof auf den Garten überblicken kann. Im Zimmer hatte ich kein Licht, draußen war es mondhell. Als ich so gegen zwei Uhr nachts am Fenster saß, hörte ich Schritte; es war meine Frau im Schlafgewand. Sie bat mich inständig, zu Bett zu gehen. Ich erklärte ihr frei heraus, dass ich den Menschen sehen wollte, der ein so eigentümliches Spiel mit uns trieb. Sie antwortete, es handle sich nur um einen schlechten Scherz, und ich solle gar keine Notiz davon nehmen.

›Wenn es dich beunruhigt, Hilton, können wir ja zusammen verreisen und uns so dieser Störung entziehen.‹

›Was, uns von einem üblen Witzbold aus unserem eigenen Haus treiben lassen?‹, erwiderte ich. ›Die ganze Nachbarschaft würde uns ja auslachen.‹

›Wir können morgen früh weiter darüber reden, komm jetzt, bitte, zu Bett‹, versetzte sie zärtlich.

Während sie noch sprach, sah ich in dem Mondschein ihr bleiches Gesicht plötzlich noch bleicher werden. Im Schatten des Schuppens bewegte sich etwas. Eine dunkle Gestalt kroch um die Ecke und kauerte vor dem Tor nieder. Ich ergriff meine Waffe und wollte hinausstürzen. Aber meine Frau schlang die Arme um mich und hielt mich krampfhaft fest. Ich versuchte, sie abzuschütteln, sie ließ aber nicht los. Endlich machte ich mich frei, aber ehe ich zur Tür hinauskam und das Gebäude erreichte, war der Kerl verschwunden. Er hatte jedoch eine Spur hinterlassen; an dem Tor befand sich wieder dieselbe Reihe tanzender Figuren wie die beiden vorhergehenden Male und wie ich sie auf jenem Blatt nachgezeichnet habe. Sonst war nichts von ihm zu sehen, obwohl ich das ganze Gelände absuchte. Das ist um so auffallender, als er sich auch später noch in der Nähe aufgehalten haben muss, denn, als ich am Morgen das Tor wieder untersuchte, hatte er unter die Zeile, die ich bereits gesehen hatte, neue Zeichen gesetzt.«

»Haben Sie diese frischen Figuren auch kopiert?«

»Ja, es sind nur wenige; hier sind sie.«

Er zog abermals ein Papier aus der Tasche, das folgende Zeichen enthielt:

»Sagen Sie mal«, fragte Holmes, dem ich die starke Erregung an den Augen ansehen konnte, »war dies ein bloßer Zusatz zu der ersten Reihe, oder machte es den Eindruck, als ob es gar nicht dazu gehörte?«

»Es stand auf einem ganz anderen Teil des Tores.«

»Großartig! Das ist von der größten Bedeutung zur Erreichung unseres Zweckes. Er erfüllt mich mit neuen Hoffnungen. Nun erzählen Sie weiter, Mr. Cubitt.«

»Ich kann nur noch hinzufügen, Mr. Holmes, dass ich auf meine Frau sehr böse war, weil sie mich in jener Nacht daran gehindert hatte, den heimtückischen Burschen womöglich in meine Gewalt zu bekommen. Sie sagte zwar, sie hätte sich gefürchtet, es möchte mir ein Leid geschehen, aber einen Augenblick kam mir der Gedanke, dass sie in Wirklichkeit gefürchtet haben möchte, dass er Schaden nehme, denn ich konnte nicht daran zweifeln, dass sie den Mann und auch die Bedeutung dieser Zeichen kannte. Doch in der Stimme meiner Frau lag ein Klang und in ihren Augen ein Ausdruck, der alle Zweifel verscheuchte, und ich bin jetzt wieder der festen Überzeugung, Mr. Holmes, dass sie tatsächlich um mein eigenes Wohl besorgt war. – Ich habe Ihnen hiermit den ganzen Fall genau dargestellt und bitte Sie nun um Ihren Rat, was zu tun ist. Ich selbst möchte am liebsten ein halbes Dutzend meiner Leute aufstellen und dem Kerl, wenn er wiederkommt, eine so derbe Lektion erteilen lassen, dass er uns in Zukunft in Frieden lässt.«

»Ich fürchte, dieser Fall ist schon zu weit vorgeschritten und nicht mehr durch eine so einfache Kur zu heilen«, sagte Holmes. »Wie lange können Sie in London bleiben?«

»Ich muss heute wieder zurück, unbedingt. Ich möchte meine Frau um alles in der Welt nicht allein lassen während der Nacht. Sie ist sehr nervös und bat mich dringend, zurückzukehren.«

»Wenn's so steht, kann ich Ihnen nur recht geben. Aber wenn Sie einen oder zwei Tage Zeit gehabt hätten, wäre ich vielleicht mit Ihnen nach Hause gefahren. Lassen Sie mir alle diese Zettel unterdessen hier. Ich denke, ich werde Ihnen höchstwahrscheinlich in Kürze einen Besuch machen und einiges Licht in diese dunkle Sache bringen können.«

Holmes bewahrte während der Anwesenheit unseres Besuchers seine geschäftliche Ruhe, obgleich er stark erregt war, wie ich wohl merkte. Sobald aber Hilton Cubitts breiter Rücken in der Tür verschwunden war, schritt er schnell zum Schreibtisch, breitete die sämtlichen Papierzettel darauf vor sich aus und begann eine schwierige und mühsame Berechnung. Zwei Stunden lang beobachtete ich ihn, wie er ein Blatt nach dem anderen mit Figuren und Zeichen beschrieb und so sehr in die Arbeit vertieft war, dass er meine Gegenwart augenscheinlich ganz vergessen hatte. Manchmal, wenn es mit seiner Lösung vorwärts ging, fing er an zu pfeifen und zu singen, manchmal, wenn er in Verlegenheit kam, sah er längere Zeit mit gerunzelter Stirn starr vor sich hin. Endlich sprang er mit einem Ausruf der Befriedigung vom Stuhl auf und ging, sich die Hände reibend, im Zimmer auf und ab. Dann nahm er ein Depeschenformular und setzte ein langes Telegramm auf. »Wenn ich darauf die gewünschte Antwort erhalte, wirst du einen sehr hübschen Fall für deine Sammlung bekommen, Watson«, sagte er dann zu mir. »Ich hoffe, dass wir morgen nach Norfolk hinunter fahren können, um unserem Freund endgültig Bescheid bezüglich seiner Kümmernis zu bringen.«

Ich muss gestehen, dass ich neugierig war. Da ich aber wusste, dass Holmes seine Enthüllungen zu seiner Zeit und auf seine eigene Weise bekannt zu geben pflegte, so wartete ich geduldig, bis es ihm passen würde, mich ins Vertrauen zu ziehen.

In der Beantwortung des Telegramms trat jedoch eine Verzögerung ein. Es folgten zwei Tage, in denen Holmes sehr ungeduldig war und bei jedem Klingeln emporfuhr. Am Abend des zweiten Tages traf dagegen wieder eine Nachricht von Cubitt ein. Es sei alles ruhig geworden, nur heute Morgen habe er an der Sonnenuhr eine lange Reihe tanzender Männchen gefunden. Er legte eine Abschrift davon bei. Sie sah folgendermaßen aus:

Holmes beugte sich einige Minuten über diese seltsamen Zeichen, dann stieß er plötzlich einen Schrei der Überraschung und des Entsetzens aus. Sein Gesicht war ganz entstellt vor Schrecken.

»Wir haben der Sache nun lange genug ihren Lauf gelassen«, sagte er, »es ist die höchste Zeit, dass wir einschreiten. Geht heute Nacht noch ein Zug nach North Walsham?«

Ich sah sofort auf dem Fahrplan nach. Der letzte war gerade abgegangen.

»Dann müssen wir morgen bald frühstücken und gleich den ersten Zug benutzen. Unsere Anwesenheit ist dringend nötig.

Aha, hier kommt auch die erwartete Depesche. Einen Augenblick, Mrs. Hudson, vielleicht muss ich darauf antworten. Nein, es ist gut so. Diese Nachricht zeigt noch deutlicher, dass wir keine Minute Zeit verlieren dürfen, um Cubitt vom Stand der Dinge in Kenntnis zu setzen. Der gute Mann ist in ein gefährliches Netz geraten.«

Tatsächlich erwies es sich so. Und auch jetzt, wo ich nun das Ende dieser tragischen Geschichte erzählen muss, die mir anfangs kindisch und töricht erschienen war, empfinde ich wieder von neuem jenen Schauder und Schrecken, der mir damals durch die Glieder ging. Ich wünschte, meinen Lesern einen glücklichen Ausgang berichten zu können. Ich muss jedoch den Vorgang so schildern, wie er sich wirklich zugetragen hat, und darf auch das schreckliche Ende nicht verschweigen, das Riding eine Zeitlang zu einer traurigen Berühmtheit verholfen hat.

Wir waren kaum in North Walsham ausgestiegen und hatten einen Wagen zu unserer Weiterreise bestellt, als der Stationsvorstand auf uns zueilte und uns anredete:

»Ich vermute, dass Sie die Londoner Geheimpolizisten sind?«

Holmes war durch diese Frage unangenehm berührt.

»Woraus schließen Sie das?«

»Weil Inspektor Martin aus Norwich auch eben durchgekommen ist. Vielleicht sind Sie auch die Ärzte. Sie ist nicht tot – wenigstens nach den letzten Nachrichten noch nicht. Möglicherweise treffen Sie noch rechtzeitig ein, um sie vom Tode zu retten – wenn's auch nur für den Galgen ist.«

Holmes' Antlitz verfinsterte sich.

»Wir wollen allerdings nach Riding«, sagte er, »aber von dem, was sich nach Ihren Reden dort zugetragen hat, haben wir noch nichts gehört.«

»Ein furchtbares Blutbad«, fuhr der Bahnhofsvorsteher fort, »sie sind beide erschossen, Mr. Cubitt und seine Frau. Sie hat ihn erschossen und dann sich selbst – wenigstens sagt das Personal so aus. Er ist bereits gestorben, und sie schwebt in Lebensgefahr. Heiliger Herr! Eine der ältesten und geachtetsten Familien in der ganzen Grafschaft.«

Ohne ein Wort zu verlieren sprang Holmes in den Wagen. Er sprach während der ganzen Fahrt kein Wort. Ich habe ihn selten in einer so verzweifelten Stimmung gesehen. Er war schon von

Anfang an unruhig gewesen, und hatte, wie mir nicht entgangen war, die Morgenzeitungen ängstlich durchblättert; aber diese plötzliche Verwirklichung seiner schlimmsten Befürchtungen hatte ihn vollends niedergedrückt. Er saß zurückgelehnt in seiner Ecke und war in düsteres Nachdenken versunken, obgleich es vielerlei Interessantes zu sehen gab, denn wir fuhren durch eine der schönsten und eigenartigsten Gegenden in ganz England. Kleine, zerstreut liegende Häuschen waren aus der heutigen Zeit, während die gewaltigen Kirchen mit den viereckigen Türmen, die sich zu beiden Seiten des Weges auf der flachen, grünen Landschaft hervorhoben, von dem Reichtum und der Macht Alt-Englands Zeugnis ablegten. Endlich sah man hinter der grünen Küste von Norfolk die blauen Fluten der Nordsee auftauchen, und der Kutscher zeigte mit der Peitsche auf zwei alte Giebel aus Stein- und Holzfachwerk, die hinter einem Haine hervorlugten. »Das ist Riding«, sagte er.

Als wir durch das Parktor die Allee entlang fuhren, erblickte ich gerade vor uns den alten Wagenschuppen und die Sonnenuhr, an die sich so merkwürdige Beziehungen knüpften. Aus einem Jagdwagen war eben ein flinker, kleiner Mann mit einem großen, gewichsten Schnurrbart ausgestiegen. Er stellte sich uns selbst als Inspektor Martin von der Norfolker Kriminalpolizei vor und zeigte sich nicht wenig erstaunt, als er den Namen meines Gefährten hörte.

»Ei, Mr. Holmes, das Verbrechen ist erst heute Nacht um drei Uhr verübt worden, wie konnten Sie das schon in London wissen und ebenso früh am Tatort eintreffen wie ich?«

»Ich ahnte es. Ich kam in der Absicht, es zu verhüten.«

»Dann müssen Sie Material haben, das wir nicht kennen; denn soviel uns gesagt worden ist, hat das Ehepaar sehr einig gelebt.«

»Ich kenne nur die Geschichte von den tanzenden Männchen«, erwiderte Holmes. »Ich werde Ihnen das später auseinandersetzen. Zunächst will ich, da ich das Unglück nicht habe verhüten können, diese meine Kenntnis benutzen, um den Täter zu ermitteln. Wollen Sie mich bei diesen Nachforschungen unterstützen, oder wollen Sie lieber unabhängig von mir vorgehen?«

»Es würde mich außerordentlich freuen, wenn ich mit Ihnen zusammenarbeiten dürfte, Mr. Holmes«, antwortete der Inspektor ernst.

»Dann wollen wir unverzüglich den Tatbestand aufnehmen und danach gleich mit den Vorarbeiten anfangen.«

Inspektor Martin war so vernünftig, meinen Freund allein gewähren zu lassen und sich damit zu begnügen, die Ergebnisse sorgfältig aufzuzeichnen. Der Arzt des Ortes, ein älterer Herr mit weißem Haar und Bart, kam gerade aus dem Zimmer der Mrs. Cubitt. Er teilte uns mit, dass ihre Verletzungen zwar schwer, aber nicht unbedingt tödlich seien. Die Kugel sei durch das Stirnbein ins Gehirn gedrungen und es würde voraussichtlich längere Zeit dauern, bis sie das Bewusstsein wieder erlangte. Auf die Frage, ob sie erschossen worden sei oder sich selbst erschossen habe, wagte er keine bindende Antwort zu geben. Es sei nur so viel sicher, dass die Kugel aus unmittelbarer Nähe gekommen sei. Im Zimmer sei nur ein Revolver gefunden worden, aus dem zwei Kugeln abgefeuert worden seien. Mr. Cubitt sei mitten ins Herz getroffen. Es wäre ebenso gut denkbar, dass er sie zuerst und dann sich selbst getötet habe, denn die Schusswaffe läge auf dem Boden in der Mitte zwischen beiden.

»Ist die Leiche schon von der Stelle geschafft worden?«, fragte Holmes.

»Nur die schwerverwundete Frau wurde weggetragen, denn man konnte sie unmöglich auf dem Boden liegen lassen.«

»Wie lange sind Sie schon hier, Herr Doktor?«

»Seit vier Uhr.«

»Ist sonst noch jemand hier?«

»Ja, der Polizeidiener.«

»Und Sie haben nichts angefasst?«

»Gar nichts.«

»Dann sind Sie sehr vernünftig gewesen. Wer hat Sie holen lassen?«

»Das Hausmädchen Saunders.«

»Hat sie Lärm geschlagen?«

»Sie und die Köchin, Miss King.«

»Wo sind die Mädchen jetzt?«

»Ich glaube, in der Küche.«

»Dann wollen wir sie sofort verhören.«

Die alte Vorhalle mit Eichenholztäfelung und den hohen Fenstern wurde in einen Gerichtssaal verwandelt. Holmes nahm auf einem großen altmodischen Lehnstuhl Platz. Er war ernst und niedergeschlagen, aber in seinem Blick lag Trotz und Unerbittlichkeit. Ich konnte in seinen Augen den festen Vorsatz lesen, dass er seinen Kunden, den er leider nicht gerettet hatte, wenigstens unter allen Umständen rächen wollte. Der Inspektor, der alte grauhaarige Landdoktor, ein Ortspolizist und ich bildeten die Beisitzer dieses eigenartigen Gerichtshofes.

Die beiden Mädchen gaben eine ziemlich klare Darstellung des Vorfalls. Sie waren durch einen lauten Knall aus dem Schlaf aufgeweckt worden; kurz darauf hatten sie einen zweiten gehört. Sie schliefen in zwei aneinanderstoßenden Kammern. Miss King war zur Saunders gestürzt und sie waren zusammen die Treppe hinuntergelaufen. Die Tür des Arbeitszimmers stand offen, und auf dem Tisch brannte eine Kerze. Ihr Herr lag mitten im Zimmer auf dem Fußboden, das Gesicht nach unten gekehrt. Er war tot. In der Nähe des Fensters lag seine Frau, mit dem Kopf an die Wand gelehnt. Sie hatte eine furchtbare Verwundung, und ihre eine Seite war ganz von Blut überströmt. Sie gab noch Lebenszeichen von sich, konnte aber nicht sprechen. Das Fenster war zu und von innen geschlossen. In diesem Punkt stimmten die Aussagen beider Mädchen vollständig überein. Sie hatten sofort zum Arzt und zur Polizei geschickt. Dann hatten sie mit Hilfe des Dieners und des Stallburschen ihre verwundete Herrin in ihr Zimmer gebracht. Beide Ehegatten hatten vorher das Bett benutzt. Die Frau war angekleidet, der Mann hatte über den Unterkleidern seinen Schlafrock an. Im Arbeitszimmer war nichts angerührt, es stand noch jedes Ding an seinem Platz. Soweit die Mädchen wussten, hatten die Eheleute im besten Einvernehmen gelebt und allgemein als ein sehr glückliches Paar gegolten.

Das waren die hauptsächlichsten Angaben. Auf eine Frage des Inspektors Martin konnten sie bestimmt behaupten, dass alle Haustüren von innen geschlossen gewesen waren und niemand aus dem Haus entwischt sein konnte. Holmes antworteten sie, dass ihnen, sobald sie aus ihren Zimmern auf den Flur gestürzt seien, augenblicklich ein starker Pulvergeruch aufgefallen sei. »Auf diesen Punkt mache ich Sie ganz besonders aufmerksam«, sagte Holmes zu seinem Berufsgenossen Martin. »Und nun können wir uns, glaube ich, an die Untersuchung des Zimmers begeben.«

Das Arbeitszimmer des Mr. Cubitt war nicht allzu groß; an drei Wänden standen Bücherregale, an einem gewöhnlichen Fenster stand ein Schreibtisch. Von hier aus konnte man den Hof und den Garten überschauen. Unsere erste Aufmerksamkeit galt der Leiche des unglücklichen Besitzers, dessen Körper ausgestreckt am Boden lag. Daraus, dass seine Kleidung nicht ganz geordnet war, konnte man entnehmen, dass er Eile gehabt hatte. Die Kugel war von vorne gekommen und, nachdem sie das Herz durchbohrt hatte, im Körper stecken geblieben. Der Tod musste augenblicklich und schmerzlos eingetreten sein. Weder sein Schlafrock noch seine Hände zeigten irgendwelche Pulverspuren. Nach Aussage des Arztes waren dagegen im Gesicht der Frau solche Flecken wahrnehmbar, an ihren Händen dagegen nicht.

»Das Fehlen dieser Flecken beweist nichts, wenn auch ihr Vorhandensein sehr vielsagend ist«, bemerkte Holmes. »Ich glaube, wir können Mr. Cubitts Leiche wegtragen lassen. Die Kugel, welche die Frau getroffen hat, haben Sie wohl nicht gefunden, Herr Doktor?«

»Dazu ist eine schwierige Operation nötig. Aber im Revolver stecken noch vier Kugeln. Zwei Schüsse sind abgegeben, und zwei Verwundungen sind zu konstatieren; es muss also jede Kugel getroffen haben.«

»So könnte es scheinen«, sagte Holmes. »Aber welche Kugel hat denn den Fensterrahmen durchschlagen?«

Er drehte sich rasch um und zeigte mit seinen langen, dünnen Fingern auf ein Loch im unteren Fensterrahmen, ungefähr einen Zoll über dem Fensterbrett.

»Weiß Gott!«, rief der Inspektor. »Wie haben Sie das nur sehen können?«

»Weil ich danach gesucht habe.«

»Wunderbar!«, sagte der Arzt. »Sie haben sicher recht. Dann muss ein dritter Schuss gefallen und auch eine dritte Person zugegen gewesen sein. Aber wer mag dies gewesen, und wie mag sie hinausgekommen sein?«

»Diese Frage müssen wir uns zu beantworten suchen«, sagte Holmes. »Sie erinnern sich noch, Mr. Martin, dass ich Ihnen den Umstand, dass die beiden Mädchen beim Verlassen ihrer Kammern sofort Pulvergeruch wahrgenommen haben, als außerordentlich wichtig bezeichnete?«

»Jawohl; aber ich muss offen gestehen, dass ich Ihnen nicht ganz zu folgen vermochte.«

»Im Augenblick, als die Schüsse fielen, hat wahrscheinlich sowohl die Tür wie das Fenster offengestanden. Wenn es nicht gezogen hätte, würde sich der Pulverdampf nicht so schnell durch das ganze Haus verbreitet haben. Aber Tür und Fenster sind bald wieder zugemacht worden.«

»Woraus schließen Sie das?«

»Daraus, dass das Licht nicht ausgeblasen worden ist.«

»Großartig!«, rief der Inspektor, »großartig!«

»Ich hatte die feste Überzeugung, dass das Fenster, während das Unheil passiert ist, offen war. Daraus schloss ich weiter, dass eine dritte Person ihre Hand im Spiel gehabt habe. Diese muss draußen gestanden und geschossen haben. Ein Schuss hinwieder auf diese Person konnte leicht den Fensterrahmen getroffen haben. Ich sah nach und fand denn auch das Loch.«

»Aber wer soll das Fenster zugemacht und von innen verriegelt haben?«

»Das hat sicher gleich die Frau getan. Aber hallo! was seh ich hier?«

Auf dem Schreibtisch lag das Handtäschchen einer Dame, ein niedliches, kleines Täschchen aus Krokodilleder und mit Silber beschlagen. Holmes öffnete es und stülpte es um. Was kam zum Vorschein? – Ein Bündel von zwanzig Fünfzigpfundscheinen der Bank von England, die mit einem roten Bändchen zusammengebunden waren – weiter nichts.

»Das muss aufgehoben werden, denn es wird in der Verhandlung eine Rolle spielen«, sagte Holmes und händigte das Täschchen nebst Inhalt dem Polizeiinspektor ein. »Wir müssen uns zunächst nun mit dieser dritten Kugel etwas eingehender beschäftigen. Wie sich an den Splittern im Holz erkennen lässt, ist sie vom Zimmer aus gekommen. Ich möchte die Köchin gerne noch etwas fragen. – Sie sagten vorhin, Miss King, dass Sie durch einen lauten Knall geweckt worden seien. Wollten Sie mit diesem Beiwort sagen, dass Ihnen der erste Schuss lauter vorgekommen ist als der zweite?«

»Nun, ich erwachte gerade aus dem Schlaf und kann daher nicht allzu genau urteilen, mein Herr; er erschien mir allerdings sehr laut.«

»Glauben Sie nicht, dass vielleicht im selben Augenblick zwei Schüsse gefallen sind?«

»Das kann ich nicht mit Bestimmtheit sagen, Herr.«

»Ich glaube das ganz sicher. Im übrigen, Mr. Martin, bin ich der Meinung, dass wir hier in diesem Zimmer nichts mehr zu suchen haben. Wir wollen nun lieber einen Rundgang durch den Garten machen und sehen, was wir dort für neues Beweismaterial finden.«

Vor dem Fenster von Mr. Cubitts Arbeitszimmer war ein Blumenbeet. Als wir in dessen Nähe kamen, sahen wir zu unserer größten Überraschung, dass die Blumen zusammengetreten waren. Der weiche Erdboden zeigte noch zahlreiche Spuren von großen Mannsfüßen mit auffallend langen, spitzen Schuhen. Holmes spürte wie ein Jagdhund, der ein verwundetes Stück Wild sucht, in dem Gras und den Blättern herum. Plötzlich stieß er einen Ruf der Befriedigung aus, bückte sich und hob eine kleine Metallhülse auf.

»Das dachte ich mir gleich«, sagte er, »der Revolver hat einen Auswerfer gehabt, das ist also die dritte Patrone. Ich glaube wahrhaftig, Mr. Martin, unsere Untersuchung ist schon ziemlich beendigt.«

Der Inspektor war über die raschen Fortschritte, die seines Kollegen Nachforschungen machten, ganz erstaunt. Er war verwundert über die meisterhafte Leistung und folgte ihr, ohne selbst einzugreifen.

»Wen haben Sie in Verdacht?«, fragte er.

»Darauf werde ich erst später eingehen, ich muss Ihnen dann überhaupt noch Verschiedenes erklären. Vorläufig aber muss ich diesen Weg weiter verfolgen und ihnen dann alles auf einmal und im Zusammenhang auseinandersetzen.«

»Ganz wie Sie meinen, Mr. Holmes. Wenn wir nur unseren Mann bekommen.«

»Ich bin sonst kein Freund von Geheimtuerei, aber jetzt in dem Augenblick, wo wir handeln müssen, fehlt mir die Zeit zu langen und schwierigen Erörterungen, ich habe jetzt alle Fäden in meiner Hand. Selbst wenn die Frau das Bewusstsein nie wieder erlangen sollte, können wir doch das Drama der vergangenen Nacht aufklären und die gerichtliche Bestrafung des Schuldigen herbeiführen. Zunächst möchte ich nun wissen, ob in der Nachbarschaft eine Örtlichkeit, ein Gutshof oder dergleichen, unter dem Namen ›Elriges‹ bekannt ist.«

Die Bediensteten wurden in ein Kreuzverhör genommen, aber keiner hatte von einer solchen gehört. Endlich fiel dem Stalljungen ein, dass ein Landwirt einige Meilen von hier nach East Ruston zu, ein Besitztum dieses Namens habe.

»Ist es abgelegen?«

»Ganz abgelegen, Herr.«

»Man wird also dort von dem hiesigen Unglück wahrscheinlich noch keine Nachricht haben?«

»Das kann sein.«

Holmes überlegte einige Sekunden, dann spielte ein zufriedenes Lächeln um seinen Mund.

»Sattle ein Pferd, mein Junge«, sagte er zu dem Burschen. »Du sollst einen Brief nach Elriges Hof bringen.«

Er nahm die verschiedenen Blätter mit den tanzenden Männchen aus der Tasche, breitete sie vor sich auf dem Schreibtisch aus und schrieb eine Zeitlang. Endlich übergab er dem Jungen ein Schreiben mit der Anweisung, es dem Adressaten persönlich auszuhändigen und auf keinerlei Fragen, die man etwa an ihn richten sollte, Aufschluss zu geben.

Ich bemerkte, dass die Adresse auf dem Umschlag nicht Holmes' gewöhnliche feste Handschrift zeigte, sondern weitläufige, unzusammenhängende, ungleichmäßige Schriftzüge; sie lautete:

Mr. Abe Slaney
Elriges Hof
East Ruston, Norfolk.

»Ich halte es für ratsam, sofort um Verstärkung zu telegrafieren, Herr Inspektor, denn wenn sich meine Berechnung als richtig erweist, werden Sie einen besonders gefährlichen Gefangenen zu transportieren haben. Der Junge, der den Brief besorgt, könnte gleich das Telegramm aufgeben. – Wenn nachmittags ein Zug nach London abgeht, wollen wir zurückfahren, Watson, ich habe nämlich eine interessante chemische Analyse fertig zu machen, und diese Untersuchung hier wird bald zum Abschluss kommen.«

Als der Junge mit dem Brief fort war, gab Holmes der Dienerschaft die nötigen Anweisungen. Wenn irgendjemand nach Mrs. Cubitt fragen sollte, dürfte ihm nichts über ihr Befinden gesagt werden, sondern er müsse sofort ins Empfangszimmer geführt werden. Er schärfte ihnen das sehr ernstlich ein. Darauf ging er selbst mit uns ins Empfangszimmer und sagte uns, dass wir einstweilen in der Sache nichts mehr tun könnten. Wir sollten ruhig abwarten, wie sich die Angelegenheit weiter entwickeln würde, und uns unterdessen nach Belieben die Zeit vertreiben. Der Arzt ging auf seine Praxis, und nur der Inspektor und ich blieben bei Holmes zurück.

»Ich glaube, wir können diese Wartezeit ganz angenehm und nützlich ausfüllen«, sagte er, indem er seinen Stuhl an den Tisch rückte und die verschiedenen Papiere mit den rätselhaften, tanzenden Figuren vor sich ausbreitete. »Dir, mein Freund Watson, zolle ich die größte Hochachtung dafür, dass du deine natürliche Neugier so lange gemeistert hast. Ihnen, Inspektor Martin, mag der Fall als eine interessante Fachstudie dienen. Ich muss Ihnen vor allen Dingen das mitteilen, was ich durch Mr. Cubitt erfahren habe; er hat mich zweimal in der Baker Street aufgesucht.« Holmes wiederholte dann kurz die Tatsachen, die oben bereits erzählt wurden. »Ich habe hier diese eigentümlichen Erzeugnisse vor mir liegen; wenn sie nicht die Vorläufer einer so furchtbaren Tragödie gewesen wären, möchte man darüber lachen. Ich bin mit allen Arten von Geheimschriften ziemlich vertraut, ich habe sogar eine kleine Abhandlung darüber veröffentlicht und darin hundertundsechzig verschiedene Chiffren nachgewiesen. Doch muss ich gestehen, dass mir diese Form vollkommen neu ist. Der Erfinder dieses Systems hat offenbar den Glauben erwecken wollen, als ob diese Figuren gar nicht zur Übermittlung irgendwelcher Nachrichten dienten, sondern das zufällige Gekritzel von Kinderhand wären.

Nachdem ich aber einmal erkannt hatte, dass die Zeichen an Stelle von Buchstaben standen, und gefunden hatte, dass dieselben Regeln wie bei allen übrigen Geheimschriften befolgt waren, machte mir ihre Lösung keine allzu großen Schwierigkeiten mehr. Die erste Probe, die mir übermittelt wurde, war zu kurz, um mehr herauszubringen, als dass das Zeichen ein e vorstellen müsste.

Wie sie wissen, ist e der häufigste Buchstabe im Englischen; er ist so vorherrschend, dass man das schon in einem kurzen Satz bestätigt findet. Von fünfzehn Zeichen in der ersten Nachricht waren vier gleich, was meine Annahme also ziemlich rechtfertigte. Nun trug diese Figur manchmal eine Flagge und manchmal nicht, aber aus der Art ihrer Verteilung ging mit einiger Wahrscheinlichkeit hervor, dass diese Fähnchen dazu dienen sollten, den Satz in einzelne Worte zu zergliedern. Ich legte diese Annahme zugrunde und setzte für dieses

ein e.

Die weitere Untersuchung gestaltete sich jedoch nicht so einfach. Die Häufigkeit der übrigen Buchstaben im Englischen steht durchaus nicht fest. Die Reihenfolge auf einer Druckseite ergab ungefähr folgendes: t, a, o, i, n, s, h, r, d, l. Nun sind aber die Unterschiede in der Häufigkeit des Vorkommens zwischen t, a, o und i sehr gering, und es war unmöglich, alle Verbindungen zu versuchen, bis sich aus dem Satz ein Sinn ergab. Ich wartete also auf neues Material. Bei seinem zweiten Besuch konnte mir Mr. Cubitt zwei andere kurze Sätze und ein einzelnes Wort übergeben. Dass das letztere kein Satz war, sondern nur ein Wort, schien daraus hervorzugehen, dass kein Fähnchen dabei war. Da habe ich diese Zeichen. In diesem einzelnen Wort kannte ich nun die beiden e; das eine steht an zweiter, das andere an vierter Stelle bei fünf Buchstaben. Es konnte also sever, lever oder never (niemals) heißen. Es unterliegt nun keinem Zweifel, dass die letzte Bedeutung als Antwort auf eine Aufforderung die wahrscheinlichste war, und aus diesen Umständen ging hervor, dass es eine Erwiderung auf einen Vorschlag der Mrs. Cubitt war. Nehmen wir diese Vermutung als richtig an, so können wir bereits sagen, dass die Zeichen

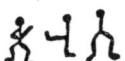

den Buchstaben n, v, r entsprechen.

Aber auch jetzt waren noch nicht alle Schwierigkeiten über-
wunden; doch ein glücklicher Zufall ließ mich mehrere andere
Zeichen enträtseln. Ich kam auf den Gedanken, dass, wenn diese
Zuschrift meiner Vermutung entsprechend von jemand herrührte, der früher in näheren Beziehungen zu der Dame gestanden
hatte, ein Wort mit je einem e am Anfang und Ende und mit drei
andern Buchstaben dazwischen wohl den Namen Elsie bedeuten
könnte. Bei genauer Prüfung fand ich denn auch, dass diese Zei-
chenverbindung in drei aufeinanderfolgenden Fällen den Schluss
der Mitteilung bildete. Es war also sicher eine Aufforderung an
Elsie. Auf diese Weise kannte ich l, s und i. Aber was war der Inhalt dieser vorausgehenden Mitteilung? Das Wort vor Elsie bestand aus vier Buchstaben, deren letzter ein e war. Es musste
wohl come (komm!) heißen. Ich probierte alle anderen Wörter
mit vier Buchstaben und einem e am Schluss durch, aber kein
anderes passte in diesen Zusammenhang. So hatte ich denn auch
c, o und m herausgebracht und konnte nunmehr die Auflösung
der ersten Zuschrift wieder von neuem in Angriff nehmen. Ich
teilte sie in Worte ab und ersetzte die bekannten Zeichen durch
entsprechende Buchstaben und die unbekannten durch Punkte.
Auf diese Weise erhielt ich Folgendes:

.m .ere ..e sl.ne.

Der erste Buchstabe kann nur ein a sein. Diese Entdeckung war
sehr wichtig, weil dasselbe Zeichen in dem kurzen Satz dreimal
vorkommt. Im zweiten Wort fehlte vorne offenbar ein h; setzen
wir das ein, so ergibt sich:

am here a.e slane.

und wenn man die leeren Stellen im dritten und vierten Wort,
was sicher der Name ist, noch durch die offenbar fehlenden
Buchstaben ergänzt:

am here abe slaney
(Bin hier Abe Slaney).

Ich hatte nun so viele Buchstaben gefunden, dass ich zuversichtlich an die Entzifferung der zweiten Nachricht gehen konnte,
die vorläufig folgende Gestalt annahm:

    a. elri.es

Das ergab nur einen Sinn, wenn ich an die Stelle der Punkte ein
t beziehungsweise ein g setzte, so dass die Botschaft heißt: at elriges (in Elriges), und annahm, dass es der Name irgendeines
Wirtshauses oder Hofes sei, wo der Schreiber wohnte.«

Inspektor Martin und ich hatten mit größtem Interesse den
klaren und ausführlichen Auseinandersetzungen meines Freundes zugehört, wodurch er alle Schwierigkeiten dieses verzwick-
ten Falles aus dem Weg geräumt hatte.

»Was taten Sie dann weiter?«, fragte der Inspektor.

»Ich vermutete mit gutem Grund, dass dieser Abe Slaney ein
Amerikaner sei, weil Abe eine amerikanische Zusammenzie-
hung ist, und weil mit einem Brief aus Amerika die ganze Geschichte ihren Anfang genommen hatte. Ich hatte ferner alle
Ursache, anzunehmen, dass irgendein heimliches Verbrechen
dahintersteckte. Die Anspielungen der Dame auf ihre Vergangenheit und ihre Weigerung, ihrem Gatten das Geheimnis anzuvertrauen, wiesen stark darauf hin. Ich telegrafierte daher an
meinen Freund Wilson Hargreave von der New Yorker Polizei,
dem ich auch schon verschiedentlich Dienste erwiesen hatte,
und fragte an, ob ihm der Name Abe Slaney bekannt sei. Hier
habe ich seine Antwort: ›Ist der gefährlichste Bursche in Chicago‹. An demselben Abend, kurz bevor ich diese Nachricht erhielt, bekam ich auch einen Brief von Mr. Cubitt, worin er mir
die letzte Nachricht Slaneys zusandte. Mit Hilfe meiner mitt-
lerweile erlangten Kenntnisse konnte ich sie folgendermaßen
entziffern:

    elsie .re.are to meet thy go.

Durch Hinzufügung zweier p und eines d am Ende erhielt ich
den Satz: elsie prepare to meet thy god (Elsie, mache dich bereit,
deinem Gott gegenüberzutreten). Aus dieser Mitteilung konnte
ich entnehmen, dass der Kerl von Überredungen zu Drohungen

übergegangen war, und soweit ich die Chicagoer Verbrecher kannte, ließen sie den Worten rasch die Tat folgen. Ich eilte also sobald wie möglich mit meinem Freund und Kollegen Doktor Watson nach Norfolk, wo ich leider schon zu spät eintraf und das Unglück bereits geschehen war.«

»Es ist ein großer Vorzug, mit Ihnen gemeinsam einen Fall behandeln zu können«, sagte der Inspektor. »Sie werden jedoch entschuldigen, wenn ich so frei bin, Ihnen zu sagen, dass Sie nur sich selbst Rechenschaft zu geben brauchen, während ich mich aber vor meinen Vorgesetzten zu verantworten habe. Wenn dieser Abe Slaney in Elriges wirklich der Mörder ist, und, während ich untätig hier sitze, die Flucht ergreift, würde ich große Unannehmlichkeiten bekommen.«

»Sie brauchen sich in keiner Weise zu beunruhigen. Er wird noch nicht einmal den Versuch machen, zu entfliehen.«

»Woher wissen Sie das?«

»Durch die Flucht würde er sich ja schuldig bekennen.«

»Dann wollen wir ihn in seiner Wohnung festnehmen?«

»Ich erwarte ihn jeden Augenblick hier.«

»Aber warum sollte er hierher kommen?«

»Weil ich ihm geschrieben und ihn darum gebeten habe.«

»Das ist doch nicht sehr glaubwürdig, Mr. Holmes! Warum sollte er kommen, wenn Sie ihn darum ersucht haben? Sollte ihm diese Bitte nicht eher verdächtig vorkommen und ihn zur Flucht veranlassen?«

»Sie können mir wohl zutrauen, dass ich den Brief darnach abgefasst habe«, erwiderte Holmes. »Übrigens, wenn ich nicht irre, kommt er dort schon den Weg herauf.«

Auf dem Gartenweg kam nach der Haustür zu ein Mann einhergeschritten. Es war ein großer, stattlicher Kerl mit sonnenverbranntem Gesicht. Er trug einen grauen Sommeranzug und einen Panamahut, hatte einen struppigen, schwarzen Bart, eine starke, gebogene Nase und schwang einen Spazierstock in der Hand. Er kam an wie der Herr des Hauses und klingelte laut und zuversichtlich.

»Ich glaube, meine Herren«, sagte Holmes in aller Ruhe, »es ist am besten, wenn wir uns hinter der Türe aufstellen. Wenn man mit einem solchen Burschen zu tun hat, ist die größte Vorsicht am Platze. Sie werden die Handschellen anwenden müssen, Mr. Martin; die mündliche Unterhaltung können Sie mir überlassen.«

Wir warteten schweigend eine Minute – eine jener Minuten, die ich nie vergessen werde. Da ging die Tür auf und herein trat unser Mann. Im Nu setzte ihm Holmes die Pistole auf die Brust, und Martin und ich legten ihm die Handschellen an. Es geschah dies so plötzlich und rasch, dass er bereits überwältigt war, ehe er seine Lage richtig erkannte. Er starrte uns mit seinen flammenden, schwarzen Augen nacheinander an und begann dann bitter zu lachen.

»Nun, meine Herren, diesmal haben Sie mich allerdings überrumpelt. Ich scheine an die verkehrte Adresse gekommen zu sein. Ich folgte einer Einladung der Mrs. Cubitt. Ich hoffe nicht, dass sie an diesem Anschlag beteiligt ist, nein, ich glaube nicht, dass sie dazu geholfen hat, mich in die Falle zu locken.«

»Mrs. Cubitt ist schwer verwundet und kann jeden Augenblick sterben.«

Als er das hörte, stieß der Mann einen Schmerzensschrei aus, der durch das ganze Haus drang.

»Sie sind nicht recht bei Trost!«, schrie er wütend. »Er wurde verletzt, nicht sie. Wer könnte der kleinen Elsie ein Leid antun? Ich mag ihr gedroht haben, Gott verzeih mir's, aber ich könnte ihr nicht einmal ein Haar krümmen. Nehmen Sie dies Wort zurück! Sagen Sie, dass sie nicht verletzt ist!«

»Sie wurde schwerverwundet neben der Leiche ihres Gatten gefunden.«

Da sank der Mann stöhnend auf einen Lehnstuhl und verbarg das Gesicht in seinen gefesselten Händen. Einige Minuten saß er ganz regungslos und gab keinen Laut von sich. Dann hob er den Kopf in die Höhe und sprach mit der kalten Ruhe der Verzweiflung:

»Ich brauche Ihnen nichts mehr zu verheimlichen, meine Herren«, begann er. »Wenn ich den Mann getötet habe, so geschah es, nachdem er auf mich einen Schuss abgegeben hatte; das ist kein Mord. Wenn Sie aber glauben, ich hätte die Frau verwundet, kennen Sie weder mich noch sie. Ich schwöre Ihnen, noch kein Mann auf Erden hat ein Weib mehr geliebt als ich sie geliebt habe. Ich hatte ein Anrecht auf sie. Sie war vor Jahren meine Braut. Warum musste dieser Engländer dazwischentreten?

Ich versichere Ihnen nochmals, ich hatte das erste Recht an sie, und nur das beanspruchte ich.«

»Sie entzog sich aber Ihrem Einfluss, als sie merkte, was für ein Mensch Sie sind«, erwiderte Holmes. »Sie floh von Amerika, um Sie los zu werden, und heiratete in England einen ehrbaren Mann. Sie spürten sie auf und verfolgten sie und verbitterten ihr das Leben, indem Sie sie aufforderten, ihren Gatten zu verlassen, den sie liebte und achtete, und mit Ihnen zu fliehen, den sie fürchtete und hasste. Sie haben schließlich einen braven Mann erschossen und seiner Frau den Revolver in die Hand gedrückt, um sich selbst zu töten. Das haben Sie erreicht, Mr. Abe Slaney, und vor Gericht zu verantworten.«

»Wenn Elsie stirbt, ist mir's gleichgültig, was aus mir wird«, sagte der Amerikaner. Er machte die eine Hand auf und starrte lange auf ein zerknittertes Papier, das er darin hielt. »Sehen Sie hier, Herr«, rief er, und Verdacht leuchtete aus seinen Augen. »Das schafft mir schlimmen Argwohn und schwere Sorge. Wie soll ich mir das erklären? Wenn diese Dame so schwer verwundet ist, wie Sie behaupten, wer hat dann diese Notiz geschrieben? Sagen Sie mir das!« Und damit warf er den Zettel auf den Tisch.

»Die habe ich geschrieben, um Sie hierher zu bringen.«

»Das haben Sie geschrieben? Kein Mensch auf der Welt außer unserer Gesellschaft kannte das Geheimnis der tanzenden Männchen. Wie konnten Sie in dieser Schrift schreiben?«

»Was ein Mensch erfindet, kann ein anderer aufdecken«, antwortete Holmes. »Es ist übrigens ein Wagen unterwegs, der Sie nach Norwich bringen wird, Mr. Slaney. Die Zeit bis zu seiner Ankunft können Sie noch benutzen, um das begangene Unrecht wenigstens einigermaßen gutzumachen. Wissen Sie, dass Mrs. Cubitt stark im Verdacht stand, ihren Mann ermordet zu haben, und dass sie es nur meiner Gegenwart und meiner zufälligen Kenntnis des ganzen Falles verdankt, dass sie nicht unter Anklage gestellt wird? Zum wenigsten sind Sie ihr schuldig, vor aller Welt offen auszusprechen, dass sie in keiner Weise, weder direkt noch indirekt, an dem tragischen Ende ihres Gatten eine Schuld trifft.«

»Nichts tue ich lieber als das«, versetzte der Amerikaner. »Ich halte es für das beste, was ich tun kann, die volle Wahrheit zu sagen.«

»Ich habe die Pflicht, Sie darauf aufmerksam zu machen, dass Sie nichts Belastendes gegen sich selbst auszusagen brauchen«, rief der Inspektor dazwischen – der bekannte Paragraf des englischen Strafgesetzbuches.

Slaney zuckte mit der Schulter.

»Ich werde mich danach richten«, sagte er. »Vor allem, meine Herren, muss ich Ihnen mitteilen, dass ich die Dame von Kindheit an kenne. Wir waren sieben Mann in Chicago, und Elsies Vater war die Stütze unseres Bundes. Er war ein feiner Kerl, der alte Patrick. Er hat auch diese Schrift erfunden, die für das Gekritzel von Kindern gehalten worden wäre, wenn Sie nicht jetzt die Lösung gefunden hätten. Auch Elsie lernte einige unserer Schliche, aber ihr sagte diese Tätigkeit nicht zu; sie nahm ihr bisschen ehrlich erworbenes Vermögen, verließ uns und ging nach London. Sie war mit mir verlobt und würde mich, glaube ich, auch geheiratet haben, wenn ich eine andere Laufbahn eingeschlagen hätte; aber von einem solchen Leben wollte sie nichts wissen. Erst nach ihrer Verheiratung mit dem Engländer gelang es mir, ihren Aufenthaltsort ausfindig zu machen. Ich schrieb ihr, erhielt jedoch keine Antwort. Dann kam ich selbst herüber, und da Briefe nichts nützten, schrieb ich meine Mitteilungen dahin, wo sie sie sehen und lesen musste.

Ich bin nun einen Monat hier. Ich wohnte auf jenem Hof, wo ich im Erdgeschoss ein Zimmer innehatte und alle Nacht nach Belieben ein- und ausgehen konnte. Ich kam aber nicht weiter. Ich versuchte alles, um Elsie zur Trennung von ihrem Mann zu bewegen. Ich wandte zuerst Schmeicheleien an, später ging ich zu Drohungen über. Dass sie meine Nachrichten las, wusste ich, denn sie hatte einmal eine Antwort darunter geschrieben. Zuletzt schickte sie mir einen Brief, worin sie mich inständig bat, fortzugehen; es würde ihr das Herz brechen, wenn ihr Mann einen Skandal erleben müsste. Sie schrieb, dass sie um drei Uhr morgens, während ihr Mann schliefe, ans Fenster herunterkommen und mit mir sprechen wolle. Sie erschien und brachte Geld mit, um mich dadurch zur Abreise zu bewegen. Das machte mich wahnsinnig. Ich ergriff ihren Arm und suchte sie durchs Fenster zu ziehen. In diesem Augenblick stürzte der Mann ins Zimmer. Er hatte einen Revolver in der Hand. Elsie war zu Boden gesunken, und wir Männer standen uns gegenüber, von Angesicht zu

Angesicht. Ich war ebenfalls bewaffnet und hielt ihm den Revolver entgegen. Er schoss und ich beinahe zugleich mit ihm; er aber fehlte, während mein Schuss tödlich war. Ich machte mich sofort durch den Garten aus dem Staub; ich hörte nur noch, wie hinter mir das Fenster geschlossen wurde. So, bei Gott, ist es gewesen, das ist die volle Wahrheit, meine Herren. Ich habe dann weiter nichts mehr über die Sache erfahren, bis vorhin der Junge zu mir geritten kam und mir die Botschaft brachte, die mich veranlasste, hierher zu kommen und wie ein Vogel ins Garn zu gehen.«

Während der Amerikaner dieses Geständnis abgelegt hatte, war der Wagen mit zwei uniformierten Schutzleuten vorgefahren. Inspektor Martin stand auf und klopfte seinem Gefangenen auf die Schulter:

»Wir müssen gehen.«

»Kann ich sie erst noch mal sehen?«

»Nein, sie ist bewusstlos. – Mr. Holmes, ich hoffe weiter nichts, als dass mir in schwierigen Fällen stets das Glück zuteil wird, Sie an der Seite zu haben.«

Wir standen am Fenster und sahen dem davonfahrenden Wagen nach. Als ich mich umwandte, fiel mein Blick auf das zerknitterte Papier, das der Gefangene auf den Tisch geworfen hatte. Es enthielt die Notiz, womit ihn Holmes hinters Licht geführt hatte.

»Sieh mal, ob du es lesen kannst, Watson«, sagte er lächelnd.

Es stand weiter nichts darauf als folgende Reihe tanzender Männchen:

»Wenn du meine Ausführungen von vorhin begriffen hast, wirst du leicht finden, dass es einfach heißt: come here at once (komme sofort hierher). Ich war überzeugt, dass er diese Einladung nicht ausschlagen würde, weil er sich nicht denken konnte, dass sie von einem anderen Menschen als von ihr käme. Auf diese Weise, mein lieber Watson, haben wir die tanzenden Männchen auch einmal in den Dienst des Guten gestellt, nachdem sie so oft bösem Zweck gedient haben, und ich glaube, mein Versprechen, dir etwas Ungewöhnliches für dein Buch zu liefern, gehalten zu haben. Drei Uhr vierzig geht unser Zug, so dass wir zum Essen wieder in der Stadt sein können.«

Noch ein paar Worte zum Schluss! Der Amerikaner Abe Slaney wurde zum Tod verurteilt, aber in Anbetracht der mildernden Umstände, und weil feststand, dass Hilton Cubitt zuerst geschossen hatte, zu lebenslänglicher Zuchthausstrafe begnadigt. Von Mrs. Cubitt habe ich nur gehört, dass sie noch Witwe ist. Sie ist vollständig wiederhergestellt und widmet ihr Leben der Fürsorge für die Armen und der Verwaltung des Gutes ihres Gatten.

DER STERBENDE DETEKTIV

Mrs. Hudson, unsere Hauswirtin in der Baker Street, war eine geduldige Frau und von großer Langmut. Nicht nur wurde ihr erstes Stockwerk zu allen Stunden des Tages und der Nacht von den zahlreichsten und oft auch zweifelhaftesten Menschen überflutet, sondern ihr Mieter Sherlock Holmes zeigte in seiner Lebensführung eine Unregelmäßigkeit und Absonderlichkeit, die ihre Geduld oft hart auf die Probe gestellt haben müssen. Seine unglaubliche Unordentlichkeit, seine Vorliebe, zu den ungewöhnlichsten Stunden »Musik« zu machen, sein gelegentliches Pistolenschießen im Flur, seine qualmigen und oft recht übelriechenden wissenschaftlichen Versuche und schließlich die ganze Atmosphäre von Gefahr und Verbrechen, die ihn umgab, machten ihn sicher zu einem der unbequemsten Mieter in ganz London. Andererseits bezahlte er wie ein Fürst. Ich bezweifele kaum, dass das ganze Haus um den Preis hätte gekauft werden können, den Holmes für seine Zimmer während der Jahre bezahlte, die ich mit ihm zusammen wohnte.

Die Hauswirtin hatte den denkbar größten Respekt vor ihm und wagte nie, Einwendungen zu erheben, mochte das Benehmen meines Freundes auch mehr als nur ungewöhnlich sein. Auf ihre Art liebte sie ihn sogar, denn er war im Verkehr mit Frauen von einer merkwürdigen Höflichkeit und Liebenswürdigkeit. Er verachtete das ganze Geschlecht und misstraute ihm, aber er war stets ein ritterlicher Gegner.

Da ich wusste, wie sehr mein Freund bei Mrs. Hudson in Ansehen und Achtung stand, so folgte ich sehr ernsthaft ihrer Erzählung, als sie im zweiten Jahr nach meiner Verheiratung zu mir kam und mir den traurigen Zustand Holmes' offenbarte, in dem er sich seit Kurzem befand.

»Er stirbt, Doktor Watson«, sagte sie. »Seit drei Tagen sieht man ihn dahinsiechen, und es scheint mir fraglich, ob er den heutigen Tag überleben wird. Er wollte nicht, dass ich einen Doktor hole, aber heute Morgen, als ich sah, wie ihm die Knochen aus dem Gesicht stehen, und er mich mit fiebrigen Augen anstierte, konnte ich es nicht länger aushalten. ›Mit Ihrer Einwilligung oder gegen Ihren Willen, Mr. Holmes, gehe ich jetzt augenblicklich einen Arzt rufen‹, sagte ich. ›Dann holen Sie mir wenigstens Watson‹, sagte er. An Ihrer Stelle würde ich keinen Augenblick säumen, Herr Doktor, wenn Sie ihn noch lebend antreffen wollen.«

Ich war entsetzt, denn ich hatte keine Ahnung von seiner Krankheit. Überflüssig, zu bemerken, dass ich sofort nach Überrock und Hut griff und mich auf den Weg machte. Als ich mit ihr zurückfuhr, fragte ich sie nach Einzelheiten.

»Da kann ich Ihnen nur wenig sagen, Herr Doktor; er arbeitete an einem Fall drunten in Rotherhite, in einer Gasse nahe an der Themse, und von dort hat er die Krankheit mitgebracht. Er legte sich am Donnerstagnachmittag zu Bett und hat es seitdem nicht mehr verlassen. Diese drei ganzen Tage hat er weder Nahrung zu sich genommen, noch irgendetwas getrunken.«

»Um Gottes willen! Warum haben Sie nicht früher einen Arzt geholt?«

»Er hatte es ja verboten, Herr Doktor. Sie wissen ja, wie streng er ist. Ich wagte nicht, seinen Befehl zu missachten, aber er weilt nicht mehr lange unter uns, das werden Sie selber im gleichen Augenblick schon merken, wo Sie ihn erblicken. Es ist schrecklich.«

Er bot in der Tat einen kläglichen Anblick. In dem dämmerigen Licht eines nebeligen Novembertages war das Krankenzimmer ein düsteres Loch, aber was einen Kälteschauer in mein Herz dringen ließ, war dies geisterhafte, verwüstete Antlitz, das mich vom Bett aus anstierte. Seine Augen glitzerten vor Fieber, hektische Röte lag auf beiden Backen, und dunkle Krusten klebten an seinen Lippen; die skeletthaft mageren Hände zuckten unausgesetzt, seine Stimme war heiser und halb erstickt. Er lag gänzlich leblos da, als ich ins Zimmer trat, aber mein Anblick zauberte einen flüchtigen Freudenschimmer in seine Augen.

»Ah, Watson, es scheint, es kommen jetzt die Tage, die uns nicht gefallen«, sagte er mit matter Stimme, aber wie mir schien, mit seiner früheren Sorglosigkeit.

»Mein lieber Holmes!«, rief ich und trat zu ihm ans Bett.

»Zurück! Zurück da!«, sagte er mit dem scharf befehlenden Klang, den seine Stimme nur in Augenblicken der Gefahr annahm. »Wenn du näher kommst, Watson, dann schicke ich dich wieder nach Hause.«

»Aber warum denn?«

»Weil ich es will. Genügt dir das nicht?«

Ja, Mrs. Hudson hatte recht, er war herrischer denn je. Indes war es herzbrechend, seine Erschöpfung zu sehen.

»Ich kam ja nur, um dir zu helfen«, erklärte ich.

»Gewiss, du hilfst mir am Besten, wenn du das tust, was ich dir sage.«

»Wie es dich gut dünkt, Holmes.«

Er verzichtete auf den befehlenden Ton.

»Du bist doch nicht ärgerlich?«, fragte er und rang nach Atem.

Armer Kerl, wie konnte ich ärgerlich sein, wenn ich ihn in diesem Zustand der Auflösung vor mir sah?

»Es ist zu deinem eigenen Besten, Watson«, sprach seine raue Stimme.

»Zu meinem Besten?«

»Ich weiß, was mit mir los ist. Es ist eine Kulikrankheit von Sumatra – eine Infektion, von der die Holländer mehr verstehen als wir, obwohl sie bis jetzt medizinisch noch nicht viel darüber gearbeitet haben. Eines nur steht fest: Die Krankheit ist absolut tödlich und in erschreckendem Maße ansteckend.«

Er sprach jetzt mit fieberhafter Erregung, seine Hände zuckten und sprangen, als er mich abwehrte.

»Ansteckend durch Berührung, Watson – das ist es: durch Berührung! Bleib mir vom Leib, und du bist nicht gefährdet.«

»Beim Himmel, Holmes, glaubst du denn, dass eine solche Sicherheitserwägung mich auch nur einen Augenblick zurückhalten könnte? Nicht einmal, wenn der Patient ein Fremder wäre. Glaubst du, das könnte mich abhalten, meine ärztliche Pflicht gegen einen so alten Freund zu erfüllen?«

Abermals trat ich an sein Bett, aber er trieb mich mit einem Blick voll wilden Ärgers zurück.

»Wenn du dort stehenbleiben willst, dann werde ich sprechen. Wenn nicht – da ist die Tür!«

Ich hatte eine so große Hochachtung vor den außerordentlichen Fähigkeiten meines Freundes, dass ich mich seinen Wünschen stets gefügt habe, auch dann, wenn sie mir völlig unbegreiflich waren. Aber jetzt waren alle meine medizinischen Instinkte wach geworden. Mochte er unter anderen Umständen mir befehlen – ich befand mich jetzt als Arzt in einem Krankenzimmer.

»Holmes«, sagte ich, »ich darf dich nicht ernst nehmen. Ein kranker Mann ist bloß ein Kind, und so muss ich dich behandeln. Ob es dir gefällt oder nicht, ich werde dich untersuchen und dem Befund gemäß ärztlich behandeln.«

Er sah mich mit geradezu giftigen Augen an.

»Wenn ich einen Doktor haben soll, einerlei ob ich mag oder nicht, dann möchte ich wenigstens einen haben, der mein Vertrauen verdient«, sagte er.

»Also ich verdiene dein Vertrauen nicht?«

»Als Freund restlos. Aber Tatsachen sind Tatsachen, Watson, und alles in allem bist du nur ein durchschnittlicher praktischer Arzt von mittelmäßiger Begabung und mit sehr begrenzter Erfahrung. Es ist schmerzlich, dir so etwas sagen zu müssen, aber du lässt mir ja keine andere Wahl.«

Das war bitter.

»Solche Worte sind deiner unwürdig, Holmes. Sie zeigen mir aber mit aller Deutlichkeit deinen wahren Nervenzustand. Jedoch, wenn du kein Vertrauen zu mir hast, so werde ich dir meine Dienste nicht aufdrängen. Ich will gehen und Sir Jasper Meek oder Penrose Fisher oder einen der besten Ärzte Londons holen. Du musst ärztliche Hilfe haben, und dabei bleibe ich. Wenn du glaubst, ich würde hier stehen bleiben und zuschauen, wie du stirbst, ohne dass ich dir helfe oder fremde ärztliche Hilfe bringe, dann hast du meine Freundschaft unterschätzt!«

»Du meinst es ja gut, Watson«, sagte der kranke Mann mit einem Seufzer. »Soll ich dir deine Unwissenheit nachweisen? Was weißt du denn vom Tapanuli-Fieber? Was weißt du denn von der schwarzen Formosa-Eiterung?«

»Ich habe weder vom einen noch vom anderen gehört.«

»Es gibt noch so manche unerforschte Krankheiten, so viele seltsame, pathologische Möglichkeiten im fernen Osten, Watson.«

Er setzte nach beinahe jedem Wort aus, um Atem zu holen. »Ich habe so viel gelernt bei meinen kürzlichen Untersuchungen auf medizinisch-kriminellem Gebiet. Bei diesen Forschungen habe ich mir die Krankheit zugezogen. Du bist machtlos dagegen.«

»Du magst recht haben. Zufällig aber weiß ich, dass Dr. Airstree, die größte lebende Autorität für tropische Krankheiten, augenblicklich in London weilt. Alle deine Einwände nützen nichts, Holmes, ich gehe jetzt, den berühmten Arzt zu holen.«

Nie erlitt ich solch einen Schock! In einem Augenblick, mit einem wahren Tigersprung, war mir der sterbende Mann zuvorgekommen. Ich hörte das scharfe Schnappen eines Schlosses. Im nächsten Augenblick war er zu seinem Bett zurückgetaumelt; dort lag er erschöpft und schwer atmend nach diesem einen fürchterlichen Energieausbruch.

»Du wirst mir den Schlüssel nicht mit Gewalt abnehmen, Watson. Nun habe ich dich, Freundchen. Du hast zu mir kommen wollen, und nun sollst du hier bleiben, solange es mir gefällt, aber ich werde dich unterhalten.« Er sagte das alles in abgerissenen Worten mit schrecklichen Atemkämpfen in den Pausen. »Du meinst es von Herzen gut mit mir. Das weiß ich natürlich sehr wohl. Du sollst auch deinen Willen haben, nur lass mir erst Zeit, wieder zu Kräften zu kommen. Nicht jetzt, Watson, nicht jetzt. Es ist vier Uhr. Um sechs Uhr kannst du gehen.«

»Das ist ja Wahnsinn, Holmes.«

»Nur noch zwei Stunden, Watson, ich verspreche dir, um sechs Uhr darfst du gehen. Willigst du ein, so lange zu warten?«

»Ich habe ja keine andere Wahl.«

»Gut, dass du es einsiehst, Watson. Danke, danke, ich kann mir das Bettzeug allein zurechtrichten. Bleibe mir bitte ja vom Leibe! So, Watson, nun habe ich noch eine weitere Bedingung zu stellen. Du wirst nicht den Arzt heranziehen, den du genannt hast, sondern den Mann, den ich mir wähle.«

»Ganz wie du willst.«

»Die ersten vier vernünftigen Worte, die du heute hier gesprochen hast. Dort drüben findest du einige Bücher, ah, ich bin etwas matt; ich frage mich, was wohl eine Batterie fühlen mag, wenn sie ihre Elektrizität in einen Nichtleiter ausströmt. Um sechs Uhr, Watson, nehmen wir unsere Unterhaltung wieder auf.«

Aber es war bestimmt, dass wir sie lange vor dieser Zeit wieder aufnehmen sollten und unter Umständen, die mir einen zweiten Schock gaben, der an Heftigkeit dem ersten, als er mir vor die Tür sprang, kaum nachstand. Ich hatte einige Minuten dagestanden, die Augen auf die stumme Gestalt in dem Bett gerichtet. Das Gesicht war beinahe ganz verhüllt von der Bettdecke, er schien zu schlafen. Ich fühlte mich unfähig, etwas zu lesen und ging daher im Zimmer auf und ab und besah mir die Bilder der berühmten Verbrecher, mit denen die Wände voll behängt waren. Schließlich trat ich in meiner Unrast an den Kaminsims. Tabaksbeutel, Pfeifen, Injektionsspritzen, Federmesser, Revolverpatronen und dergleichen lagen dort umher. In der Mitte stand eine kleine schwarz-weiße Elfenbeindose mit Schraubdeckel. Es war ein nettes kleines Ding, und ich hatte meine Hand ausgestreckt, um es näher zu betrachten, als – –

Es war der fürchterlichste Schrei, den ich je gehört habe – so durchdringend, dass man ihn gewiss am Ende der Straße hören konnte. Es lief mir kalt über die Haut, und das Haar stand mir zu Berge. Als ich mich umwandte, sah ich ein verzerrtes Gesicht und wahnsinnige Augen. Ich stand völlig gelähmt da mit der kleinen Dose in meiner Hand.

»Stelle es weg! Augenblicklich weg damit, Watson – augenblicklich sage ich!« Sein Kopf sank auf das Kissen zurück, und er stieß einen Seufzer der Erleichterung aus, als ich die Dose wieder auf den Kaminsims stellte.

»Es macht mich wild, wenn man meine Sachen anfasst, Watson. Du weißt doch, dass ich das hasse. Du quälst mich hier mehr als erträglich ist. Du, ein Arzt, – du hast das Zeug, um einen Patienten ins Irrenhaus zu treiben. Setz dich irgendwo hin, Mensch, und lass mir meine Ruhe!«

Der Zwischenfall machte einen höchst unangenehmen Eindruck auf mich. Die heftige, unbegründete Erregung, gefolgt von diesen brutalen Worten, so ganz abseits von seiner üblichen Freundlichkeit, zeigte mir, wie schwer sein Geist bereits zerrüttet war. Von allen Zerstörungen ist die eines vormals stolzen Geistes die ergreifendste. Ich saß in stummer Ergebenheit auf meinem Stuhl und wartete, bis es sechs Uhr schlug. Auch Holmes schien die Zeit genau verfolgt zu haben, denn kaum war es sechs Uhr, als er mit derselben fieberhaften Lebhaftigkeit wie zuvor begann:

»Nun, Watson, hast du Kleingeld in der Tasche?«

»Ja.«

»Silber darunter?«

»Ein paar Stücke.«

»Wie viele halbe Kronen?«

»Ich habe fünf.«

»Ah, das ist zu wenig! Zu wenig! Das trifft sich sehr unglücklich, Watson! Immerhin, du kannst sie ja einmal in deine Uhrentasche stecken. Und den ganzen Rest deines Geldes in die linke Hosentasche. Ich danke dir. Das wird dir das richtige Gleichgewicht geben.«

Das war vollendeter Wahnsinn. Ein Schauer durchlief ihn, und er stieß einen Laut aus, halb Husten, halb Seufzer.

»Zünde jetzt bitte das Gas an, Watson, aber ich mache dich dafür verantwortlich, dass die Flamme höchstens halb angedreht brennt. Ich habe mein Gründe und flehe dich an, genau aufzupassen. Danke schön, so, so ist es gut, ausgezeichnet. Nein, nicht nötig, die Vorhänge herunter zu lassen. Nun bitte lege mir einige Briefe und Papiere auf diesen Tisch, so dass ich sie zur Hand habe. Danke schön. Nun einiges von dem Zeugs da auf dem Kaminsims. Ausgezeichnet, Watson! Dort muss eine Zuckerzange liegen. Bitte ergreife mit der Zange die Elfenbeindose. Stelle sie hier zwischen die Papiere auf den Tisch. Gut! Jetzt kannst du gehen und Mr. Culverton Smith, Lower Burke Street Nr. 13 holen.«

Die Wahrheit zu sagen, war mein Wunsch, einen Arzt zu holen, nicht mehr so lebhaft, denn mein armer Freund delirierte offenbar so stark, dass es gefährlich schien, ihn allein zu lassen. Indessen war er jetzt ebenso darauf versessen, den genannten Smith zu konsultieren, als er vorhin hartnäckig alle ärztliche Hilfe abgelehnt hatte.

»Den Namen habe ich nie gehört«, sagte ich.

»Wahrscheinlich nicht, mein guter Watson. Es wird dich überraschen, dass der Mann, der auf der ganzen Welt am meisten von dieser Krankheit versteht, nicht ein Mediziner ist, sondern ein Pflanzer. Mr. Culverton Smith ist ein bekannter Pflanzer von Sumatra und zur Zeit in London. Eine Epidemie dieser Krankheit auf seiner Pflanzung, die weitab von jeder ärztlichen Hilfe gelegen ist, gab ihm Anlass, sie selbst zu studieren, und dabei kam er auf einige sehr weitreichende Entdeckungen. Er ist ein sehr methodischer Mann, und ich wollte nicht, dass du vor sechs Uhr zu ihm gingest, da ich wusste, dass du ihn zu Hause nicht anträfest. Wenn du ihn überreden könntest, hierher zu kommen, und mir die Vorteile seiner einzigartigen Erfahrungen mit dieser Krankheit, deren Erforschung sein liebstes Steckenpferd ist, zukommen zu lassen, so zweifle ich nicht daran, dass ich noch zu retten wäre.«

Ich gebe hier als ein zusammenhängendes Ganzes wieder, was Holmes mir sagte, und unterlasse den Versuch zu schildern, wie seine Worte durch Atemnot, Husten und das wilde Zucken seiner Hände unterbrochen wurden, die seinen schmerzhaften Zustand verrieten. Sein Aussehen war während der wenigen Stunden, die ich mit ihm zusammen war, noch schlechter geworden. Die hektische Röte war ausgesprochener, die Augen lagen noch tiefer in ihren Höhlungen und funkelten noch fiebriger, und kalter Schweiß stand in dicken Tropfen auf seiner blassen Stirn. Er hatte sich jedoch die ruhige Sicherheit seiner Sprache bewahrt. Ich wusste, bis zum letzten Atemzug würde er der Herr und Meister bleiben.

»Du wirst ihm genau schildern, in welchem Zustand du mich verlassen hast«, sagte er. »Du wirst ihm deinen Eindruck von mir wiedergeben – ein sterbender Mann – ein sterbender Mann in Delirien. In der Tat, ich kann mir nicht erklären, weshalb der ganze Boden des Ozeans nicht eine einzige kompakte Masse von Austern ist, so rasch vermehren sich diese Schalentiere. Ah, ich rede irre! Sonderbar, wie das Gehirn das Gehirn kontrolliert! – – Von was wollte ich eben sprechen, Watson?«

»Meine Anweisungen für Culverton Smith.«

»Ach ja, ich entsinne mich. Mein Leben hängt davon ab. Du musst ihm zureden, Watson. Wir haben keine Liebe zueinander, im Gegenteil. Sein Neffe, Watson, – ich hatte Smith im Verdacht eines Verbrechens, und ließ es ihn merken. Der Junge ist scheußlich gestorben. Er hat einen Hass auf mich. Aber du wirst ihn besänftigen, Watson. Bitte ihn, flehe ihn an, schaffe ihn mir mit allen Mitteln hierher. Er kann mich retten, – nur er allein!«

»Ich werde ihn in einer Droschke herfahren, und wenn ich ihn mit Gewalt entführen müsste.«

»Nein, bitte, nichts dergleichen. Du wirst ihn überreden, herzukommen, und dann wirst du ihm vorauseilen zu mir. Erfinde irgendeine Ausrede, um nicht mit ihm zusammen herzukommen.

Vergiss das nicht, Watson. Du darfst hier nicht versagen. Du hast dich noch immer bewährt als Freund. Ohne Zweifel gibt es natürliche Gegner, die das Oberhandnehmen der Schalentiere verhindern. Du und ich Watson, wir haben unsere Pflicht getan. Soll trotzdem die Welt von Austern überflutet werden? Nein, nein, grässlich! Nun geh und berichte Mr. Smith getreulich, wie es hier steht.«

Ich verließ ihn, erfüllt von dem Eindruck dieses großartigen Intellektes, der jetzt kindisch dahinbabbelte. Er hatte mir den Schlüssel gegeben und ich kam auf den guten Gedanken ihn einzustecken, damit er sich nicht etwa einschlösse. Draußen fand ich Mrs. Hudson zitternd und weinend. Als ich die Treppe hinunterging, hörte ich Holmes' hohe dünne Stimme unmelodisch singen. Unten auf der Straße, als ich eine Droschke herbeipfiff, kam ein Mann zu mir durch den Nebel.

»Wie geht es Mr. Holmes?«, fragte er.

Es war ein alter Bekannter, Inspektor Morton von Scotland Yard, in Zivilkleidung.

»Es geht ihm sehr schlecht«, antwortete ich.

Er sah mich auf eine sehr eigentümliche Art an. Es schien mir fast, als leuchte das Gesicht vor Schadenfreude auf.

»Ich hatte etwas davon gehört«, sagte er.

Die Droschke fuhr heran, und ich verließ ihn.

Lower Burke Street erwies sich als eine Zeile feiner Häuser in der ansprechenden Gegend zwischen Notting Hill und Kensington. Das gesuchte Haus, vor dem der Kutscher mich absetzte, war von ernstem, aber nicht unschönem Aussehen, mit altmodischem eisernem Gitterwerk, einer schweren Doppeltür und blankgeputztem Messing. Auf mein Klingeln erschien ein feierlicher Diener.

»Jawohl, Mr. Smith ist zu Hause.« Er las meine Karte. »Herr Doktor Watson! Ich bitte, sich einen Augenblick zu gedulden, ich werde Sie anmelden.«

Mein bescheidener Name und Titel schienen auf Mr. Culverton Smith keinen Eindruck zu machen. Durch die halboffene Tür vernahm ich eine hohe, ärgerliche, durchdringende Stimme.

»Wer ist das? Was will er? Mein Gott, Staples, wie oft habe ich Ihnen schon gesagt, dass ich zu meinen Studierzeiten nicht gestört sein will!«

Ich hörte den Diener ein paar besänftigende Entschuldigungen sprechen.

»Schon gut, aber ich empfange jetzt niemand. Ich kann meine Arbeit nicht einfach im Stich lassen. Ich bin nicht zu Hause. Sagen Sie ihm das. Er soll morgen früh wieder kommen, wenn er mich wirklich so dringend sprechen muss.«

Wieder hörte ich die leise Stimme des Dieners.

»Alles schön und gut, aber ich lasse mich nicht in meiner Arbeit stören. Sagen Sie ihm das! Er kann ja morgen früh kommen oder meinetwegen lieber wegbleiben.«

Ich dachte an Holmes, wie er in seinem Bett nach Atem rang und wahrscheinlich die Minuten zählte, bis die erhoffte Hilfe erscheine. Hier musste alle zeremonielle Höflichkeit weichen. Sein Leben hing von meinem Erfolg ab. Ehe mir noch der Diener den ablehnenden Bescheid seines Herrn überbracht hatte, war ich an ihm vorbei in das Zimmer getreten.

Mit einem ärgerlichen Ausruf erhob sich ein Mann von einem Stuhl neben dem Kaminfeuer. Ich sah ein großes gelbes Gesicht, grob geschnitten, mit starkem Doppelkinn und zwei drohend blickenden grauen Augen, die unter buschigen, gelben Brauen hervor Blitze nach mir schossen. Auf dem kahlen Schädel saß, beinahe kokett zur Seite geschoben, eine kleine Samtmütze. Dieser Schädel musste ein ungewöhnlich großes Gehirn bergen, und doch, als ich die ganze Gestalt ins Auge fasste, erschien mir der Körper des Mannes klein und schwächlich, mit vorgebeugten Schultern, wie bei jemand, der als Kind an Rachitis gelitten hat.

»Was soll das?«, schrie er mit hoher Stimme. »Was erlauben Sie sich, hier einzudringen? Habe ich Ihnen nicht sagen lassen, ich sei morgen früh für Sie zu sprechen?«

»Es tut mir leid, aber die Sache duldet keinen Aufschub. Mein Freund Sherlock Holmes —«

Die Erwähnung dieses Namens war von außerordentlicher Wirkung auf diesen kleinen Mann. Der Ärger verschwand sogleich aus seinem Blick. Sein Gesicht verriet gespannte Neugier.

»Sie kommen von Sherlock Holmes?«, fragte er.

»Ich habe ihn soeben erst verlassen.«

»Was macht Mr. Holmes, wie geht es ihm?«

»Es geht verzweifelt schlecht. Deshalb bin ich zu Ihnen gekommen.«

Der Mann bot mir einen Stuhl an, und wir setzten uns. Bei dieser Gelegenheit sah ich einen Augenblick lang sein Gesicht in dem Spiegel über dem Kaminsims. Ein boshaftes, gemeines Lächeln schien sich darüber zu breiten. Aber ich überredete mich, es müsse ein nervöses Zucken gewesen sein, das ich zufällig gewahrte, denn im nächsten Augenblick wandte er sich mir zu mit vollendeter Liebenswürdigkeit in seiner Miene.

»Es tut mir sehr leid, das zu hören«, sagte er. »Ich kenne Mr. Holmes lediglich durch einige geschäftliche Beziehungen, die wir miteinander hatten, aber ich schätze seine Talente und seinen Charakter überaus hoch. Er ist ein Amateur auf dem Gebiete der Verbrechen, wie ich auf dem der Infektionen. Was für ihn der schwere Junge, ist für mich der Bazillus. Das da sind meine Zuchthäuser«, fuhr er fort, indem er auf eine Reihe von Gläsern und Röhrchen wies, die auf einem kleinen Tische standen.

»Unter diesen Gelatinekulturen sind einige mit den schlimmsten Übeltätern der Welt, die jetzt hier ihre Zeit absitzen.«

»Eben wegen Ihrer besonderen Kenntnisse wünschte Mr. Holmes, Sie zu sehen. Er hat eine hohe Meinung von Ihnen und glaubt, dass Sie der einzige Mensch in London sind, der ihm helfen kann.«

Der kleine Mann sprang auf, so heftig, dass das Samtkäppchen ihm übers Ohr rutschte und zu Boden fiel.

»Wieso?«, fragte er, »wieso kommt Mr. Holmes auf den Gedanken, dass ich ihm helfen könnte?«

»Wegen Ihrer Erfahrung mit tropischen Krankheiten, besonders denen des fernen Ostens.«

»Aber was berechtigt ihn zu der Annahme, dass die Krankheit, die er sich zugezogen hat, in mein Spezialfach schlägt?«

»Weil er beruflich in letzter Zeit mit chinesischen Seeleuten in den Docks zu tun hatte.«

Mr. Culverton Smith lächelte wohlgefällig und hob sein Samtkäppchen wieder auf.

»Oh, ich verstehe, ich verstehe«, sagte er. »Ich glaube aber, seine Krankheit ist nicht so schlimm, wie Sie annehmen. Wie lange ist Ihr Freund schon krank?«

»Seit drei Tagen.«

»Hat er Fieberdelirien?«

»Ja, zwischendurch.«

»Tja, tja, das klingt doch bedenklich. Es wäre unmenschlich, wenn ich nicht zu ihm eilte. Ich kann Störungen bei meiner Arbeit nicht vertragen, Herr Doktor, aber hier mache ich selbstverständlich gern eine Ausnahme. Ich komme sogleich mit.«

Ich erinnerte mich an Holmes' strenge Weisung.

»Ich habe noch eine andere Verabredung«, erwiderte ich.

»Schön, dann gehe ich eben allein. Die Adresse des Mr. Holmes ist mir bekannt. Sie können sich bestimmt darauf verlassen, dass ich in längstens einer halben Stunde an seinem Krankenlager stehen werde.«

Mit einem bedrückten Herzen trat ich wieder bei meinem Freund ein. So wie ich ihn verlassen hatte, konnte das Schlimmste während meiner Abwesenheit eingetreten sein. Zu meiner ungeheuren Erleichterung aber fand ich, dass sein Zustand sich in der Zwischenzeit sehr gebessert hatte. Sein Aussehen freilich war so geisterhaft wie vorher, aber er war völlig klar im Kopf und sprach mit zwar schwacher Stimme, aber mit größerer Bestimmtheit und Lebhaftigkeit als selbst in seinen gesunden Tagen.

»Nun, Watson, hast du mit ihm gesprochen?«

»Ja, er kommt.«

»Ausgezeichnet, Watson! Ausgezeichnet! Du bist doch der beste Freund.«

»Er wollte mit mir herkommen.«

»Das würde alles vereitelt haben. Das durfte unter keinen Umständen geschehen. Hat er dich gefragt, was mir fehlt?«

»Ich sprach ihm von der Krankheit und von den Chinesen in den Docks.«

»Gut! Watson, du hast alles für mich getan, was ein guter Freund für mich tun konnte. Du kannst jetzt von der Bühne abtreten.«

»Ich muss doch warten, bis er kommt und seine Ansicht hören, Holmes.«

»Natürlich musst du, aber ich habe Grund zu der Annahme, dass er seine Meinung viel offener aussprechen wird, wenn er glaubt, mit mir allein zu sein, und dass dies für dich wesentlich aufschlussreicher sein wird. Da hinter dem Kopfende meines Bettes wird gerade Platz genug für dich sein, Watson.«

»Aber Holmes!«

»Ich fürchte nur, dir bleibt keine andere Wahl. Das Zimmer bietet sonst keine Gelegenheit, sich zu verstecken, und das ist auch sehr gut so, denn er wird dann umso weniger Verdacht schöpfen. Hier hinter dem Bett, das wird gerade noch gehen.« Plötzlich richtete er sich auf mit vorgebeugtem Kopf. »Ich höre schon die Droschke. Schnell, Watson, wenn du meines ewigen Dankes sicher sein willst! Und rühre dich nicht, was auch geschehen mag – rühre dich unter gar keinen Umständen. Verstanden? Aber merke dir genau jedes Wort, das gesprochen wird.« Dann sank er wieder todmatt in seine Kissen zurück, und seinen im Befehlston gesprochenen Worten folgte das sinnlose Gemurmel eines im Fieber liegenden Sterbenden.

Von meinem Versteck aus, in das ich so plötzlich genötigt worden war, hörte ich Schritte auf der Treppe, dann das Öffnen und Schließen der Zimmertür. Zu meiner Überraschung folgte eine lange dauernde Stille, die nur von den schweren, röchelnden, unregelmäßigen Atemzügen des Kranken unterbrochen wurde. Ich stellte mir vor, dass Mr. Smith neben dem Bett stand und den kranken Dulder betrachtete. Endlich wurde diese unheimliche Stille unterbrochen.

»Holmes!«, rief er. »Holmes!«

Der Kranke rührte sich offenbar nicht.

»Hallo, können Sie mich hören, Holmes?«, rief er von Neuem, in dem scharfen Ton jemandes, der einen Schlafenden aufwecken will. Zugleich vernahm ich ein Geräusch, als schüttele er den Kranken heftig an der Schulter.

»Sind Sie das, Mr. Smith?«, flüsterte Holmes. »Ich durfte ja kaum hoffen, dass Sie zu mir kämen.«

Der andere lachte.

»Allerdings! Und dennoch, wie Sie sehen, bin ich sofort gekommen. Feurige Kohlen, Holmes – feurige Kohlen!«

»Es ist sehr gütig von Ihnen – das ist edel gehandelt. Ich schätze Ihre besonderen Kenntnisse von gewissen Krankheiten.«

Mr. Smith lachte wieder.

»Ja, das tun Sie. Zum Glück sind Sie der einzige in London, der das tut. Wissen Sie, was Ihnen fehlt?«

»Dasselbe«, antwortete Holmes.

»Aha, Sie erkennen die Symptome wieder?«

»Nur zu gut!«

»Tja, Holmes, es überraschte mich nicht, wenn es wirklich ›Dasselbe‹ wäre. Es steht schlimm mit Ihnen, wenn es wirklich so ist. Der arme Victor war binnen vier Tagen tot – ein kräftiger, gesunder junger Mensch. Wie Sie ganz richtig damals sagten, war es auffallend, dass er eine so entlegene ostasiatische Krankheit im Herzen Londons sich zuzog. Ausgerechnet die Krankheit, deren Erforschung mich so lange beschäftigte. Das ist ein merkwürdiger – Zufall, Holmes. Es war in der Tat meisterhaft von Ihnen, dass Sie darauf kamen, aber sehr unfreundlich, dass Sie da von Ursache und Wirkung sprachen.«

»Ich weiß, dass Sie es getan haben!«

»Oh, Sie wissen es, so? Aber beweisen konnten Sie es doch nicht. Was halten Sie eigentlich von sich selbst, wenn Sie erst solche Gerüchte ausstreuen und dann bei mir um Hilfe winseln, sobald Sie in Not sind? Was ist das für ein Spiel, he?«

Ich hörte das stoßweise Röcheln und Luftholen des Kranken. »Das Wasser«, bat er.

»Sie sind Ihrem Ende schon recht nahe, Holmes, aber ich möchte nicht, dass Sie sterben, ehe ich nicht noch ein Wort mit Ihnen gesprochen habe. Deshalb gebe ich Ihnen das Wasser. Da, verschütten Sie es nicht. So ist's recht! Können Sie verstehen, was ich sage?«

Holmes stöhnte.

»Tun Sie, was Sie können für mich. Lassen Sie Vergangenes vergangen sein«, flüsterte er fast tonlos. »Ich will mich an nichts mehr erinnern – ich schwöre es. Machen Sie mich gesund, und ich will's vergessen.«

»Was vergessen?«

»Victor Savages Tod meine ich. Sie haben eben so gut wie eingestanden, dass Sie es getan haben. Ich will's vergessen.«

»Sie mögen es vergessen oder nicht, ganz wie es Ihnen beliebt. Sie sehe ich nicht mehr auf der Zeugenbank! Kein Gericht, außer dem Nachlassgericht, wird sich mehr mit Ihnen beschäftigen, das versichere ich Ihnen. Es ist mir ganz gleichgültig, ob Sie wissen, wie mein Neffe starb. Auch bin ich nicht hergekommen, um über ihn zu reden, sondern über Sie.«

»Ja, ja.«

»Der Mensch, den Sie zu mir um Hilfe schickten – wie heißt er doch? – sagte, Sie hätten sich die Infektion in den Docks bei den chinesischen Seeleuten geholt.«

»Ich wüsste keine andere Möglichkeit.«

»Sie sind so stolz auf Ihren überlegenen Verstand, Holmes. Sie halten sich für so klug, nicht wahr? Aber diesmal sind Sie an einen Klügeren geraten. Jetzt denken Sie einmal nach, Holmes. Können Sie sich keine andere Möglichkeit denken, wie Sie zu der Krankheit kommen konnten?«

»Ich kann nicht nachdenken. Mein Kopf ist so müde. Um Himmels willen, helfen Sie mir!«

»Ja, ich will Ihnen helfen. Nämlich zu verstehen, weshalb Sie krank sind. Das sollen Sie noch erfahren, ehe Sie sterben.«

»Geben Sie mir etwas, um diese Schmerzen zu mildern!«

»Schmerzen haben Sie? Stimmt! Die Kulis fingen auch allemal an zu wimmern, wenn es gegen das Ende ging. Es ist so ein Krampf da drinnen in der Brust, nicht?«

»Ja, ja, wie ein Krampf. Oh!«

»Also passen Sie auf! Können Sie sich nicht ein ungewöhnliches Vorkommnis denken, vor drei Tagen etwa, kurz bevor Sie krank wurden?«

»Nein, nein, nichts.«

»Denken Sie gut nach!«

»Ich bin zu krank zum Denken.«

»Nun, so will ich Ihnen helfen. Kam da nicht etwas mit der Post?«

»Mit der Post?«

»Ja, eine Dose zum Beispiel.«

»Oh, ich kann nicht mehr –«

Holmes murmelte noch wenige zusammenhanglose Worte, dann war es still. Er schien in Ohnmacht gesunken. Nach einer kleinen Weile rief Mr. Smith: »Holmes, Holmes!«, und es hörte sich wieder so an, als schüttele er den Sterbenden. Ich musste mit aller Gewalt an mich halten, um nicht aus meinem Versteck hervor und dem Rohling an den Hals zu springen.

»Sie müssen mich hören!«, schrie er. »Erinnern Sie sich an die Dose? Eine Elfenbeindose? Sie kam am Donnerstag. Sie haben Sie aufgemacht, entsinnen Sie sich?«

»Ja, ja – aufgemacht. Da war eine Sprungfeder drin. Ein Scherz –«

»Alles andere als ein Scherz! Verlassen Sie sich darauf. Sie Narr, Sie wollten es ja nicht anders. Nun haben Sie es. Wer hat Ihnen befohlen, meine Wege zu kreuzen? Hätten Sie mich in Ruhe gelassen, dann hätte ich Ihnen nichts getan.«

»Ich erinnere mich«, stöhnte Holmes. »Die Feder, sie hat mich in den Finger gestochen. Die Dose – da steht sie auf dem Tisch!«

»Da ist sie ja; wahrhaftig, meine Dose. Ich werde sie mitnehmen, Sie wäre Ihr einziges Beweisstück. Aber Sie kennen jetzt die Wahrheit, Holmes, und Sie sterben mit dem Wissen, dass ich Sie töte. Sie wussten zu viel vom Schicksal Victor Savages, also müssen Sie es jetzt mit ihm teilen. Sie sind Ihrem Ende sehr nahe, Holmes. Ich will hier Platz nehmen und vollends zusehen, wie Sie sterben.«

Ich hörte einen Stuhl rücken. Dann nach einer Weile ein leises Flüstern von Holmes.

»Was soll ich tun?«, fragte Smith. »Das Gas aufdrehen? Aha, Sie sehen schon die Schatten sich herniedersenken. Ja, ich will Licht machen, damit ich Sie besser sehen kann.« Er schritt durch das Zimmer, und plötzlich wurde es hell. »Kann ich Ihnen irgend sonst noch einen kleinen Dienst erweisen, Holmes?«

»Eine Zigarette und ein Streichholz.«

Ich hätte hinter dem Bett beinahe aufgeschrien vor Freude und vor Staunen: Holmes sprach mit seiner gewöhnlichen Stimme. Vielleicht etwas leiser, aber es war die alte, mir so gut bekannte Stimme wieder. Eine lange Pause trat ein und ich fühlte, dass Culverton Smith in stummem Staunen dastand und auf meinen Freund hernieder sah.

»Was soll das bedeuten?«, hörte ich ihn endlich fragen, mit trockener, harter Stimme.

»Die beste Methode, eine Rolle zu spielen«, sagte Holmes, »ist die, die Rolle zu leben. Ich gebe Ihnen mein Wort, dass ich seit drei Tagen weder Speise noch Trank angerührt habe, bis Sie mir vorhin das Glas Wasser gereicht haben. Das war gütig von Ihnen. Aber den Tabak vermisste ich am meisten. Ah, da sind ja wahrhaftig Zigaretten.« Ich hörte wie ein Zündholz angestrichen wurde. »Jetzt ist mir schon viel besser. Hallo, – hallo! höre ich nicht den Schritt eines Freundes?«

Draußen wurden in der Tat Schritte vernehmbar, die Tür ging auf, und herein trat Inspektor Morton.

»Es hat alles geklappt, und das hier ist Ihr Mann«, sprach Holmes.

Der Beamte erfüllte die vom Gesetz verlangte Förmlichkeit. »Ich verhafte Sie, Culverton Smith«, sagte er, »unter Anklage des Mordes an einem gewissen Victor Savage.«

»Und Sie können hinzufügen des versuchten Mordes an einem gewissen Sherlock Holmes«, setzte mein Freund hinzu. »Um mir krankem Mann die Mühe zu ersparen, hatte Mr. Smith die Liebenswürdigkeit, selbst das verabredete Zeichen zu geben und das Gas voll aufzudrehen. Ihr Gefangener hat übrigens in der rechten Tasche seines Überziehers eine kleine Dose, die Sie ihm besser abnehmen. Danke Ihnen. Seien Sie vorsichtig mit dem Ding, da sitzt der Teufel drin. Stellen Sie's dort auf den Tisch. Das ist ein wichtiges Beweisstück, Inspektor.«

Ich hörte plötzlich Lärm und Durcheinander, dann das scharfe Klicken von Stahl und einen Schmerzensschrei.

»Sie tun sich nur unnötig weh«, sagte der Inspektor. »Am besten für Sie, wenn Sie ganz ruhig bleiben und hier keine Scherereien machen.«

»Das ist eine nette Falle«, schrie Smith voll Wut. »Das wird Sie vor's Gericht bringen, Holmes, und nicht mich. Er hat mich bitten lassen, hierher zu kommen, um ihn zu heilen. Er tat mir leid und ich kam sofort. Jetzt wird er wahrscheinlich behaupten, ich hätte hier Dinge gesagt, die seinen irrsinnigen Verdacht bestätigen. Sie mögen lügen, so viel Sie wollen, Holmes – mein Wort wiegt genau so schwer wie das Ihrige!«

»Donnerwetter!«, rief Holmes, »den armen Teufel habe ich ja ganz vergessen. Watson, komm hervor, ich bitte tausend Mal um Entschuldigung. Dass ich dich so ganz vergessen konnte! Mr. Smith brauche ich dich nicht erst vorzustellen, da du ihn ja erst vor kurzem selber kennenlerntest. Haben Sie eine Droschke unten, Inspektor? Sobald ich mich angezogen habe, möchte ich Ihnen folgen, denn ich kann Ihnen noch einiges Wichtige sagen, wenn wir auf Ihrer Station sind.«

Während Holmes sich ankleidete, reichte ich ihm Biskuits mit Rotwein. »Nie im Leben habe ich so etwas nötiger gehabt«, sagte er und aß gierig. »Aber du weißt ja, ich bin keine Regelmäßigkeit gewohnt, und so eine Hungerkur bedeutet für mich weniger als für die meisten anderen. Es war besonders wichtig, dass ich Mrs. Hudson meinen kranken Zustand überzeugend vortäuschte, denn die sollte dir davon erzählen und du wiederum ihm. Du darfst nicht verletzt sein, Watson. Unter deinen vielen Fähigkeiten fehlt die Kunst der Verstellung völlig, und wenn du an meine Krankheit nicht geglaubt hättest, dann wäre es dir nie gelungen, Mr. Smith hierher zu locken. Davon aber hing alles ab. Mir war sein rachsüchtiger Charakter bekannt, und dass es ihm eine Befriedigung sein würde, zu beobachten, wie ich an seiner Bazilleninfektion sterbe.«

»Aber dein geisterhaftes Aussehen, Holmes! Man kann Delirium vortäuschen, aber doch nicht −«

»Weißt du, drei Tage fasten, das heißt also nahezu verschmachten, verschönert niemanden. Im Übrigen habe ich ja einiges schon mit dem Schwamm abgewaschen. Mit Vaseline auf die Stirn geschmiert, Belladonna in die Augen geträufelt, Schminke auf den Backen und Wachs an den Lippenrändern kann man einen ganz netten Eindruck erzielen. Mit der Kunst der Simulation habe ich mich viel beschäftigt und schreibe vielleicht noch einmal eine Monografie darüber. Ein paar unsinnige gelegentliche Worte über halbe Kronen, Austern oder sonst etwas Verrücktes täuschen selbst dem Arzt Delirium vor.«

»Aber weshalb wolltest du nicht, dass ich dir nahe käme, wo doch keine Ansteckung zu fürchten war?«

»Kannst du das fragen, Watson? Glaubst du, ich hätte so wenig Achtung vor deinen medizinischen Kenntnissen? Dir wäre es doch sofort aufgefallen, dass ein Sterbender keine normale Temperatur und keinen normalen Puls haben kann. So schwach ich auch war, du wolltest mich doch untersuchen, und beides hättest du zu deiner Überraschung festgestellt. Auf vier Schritte Entfernung konnte ich dich täuschen. Auf die Nähe aber nicht. Und wer hätte mir dann meinen Smith herbeigeholt? − Nein, Watson, ich würde die Dose lieber stehen lassen. Unter dem Deckel an der Seite siehst du ein kleines Loch. Wenn du den Deckel abschraubst, fährt da eine Nadelspitze heraus. Auf solch eine Art muss er seinen Neffen umgebracht haben, der zwischen ihm und seiner Erbschaft stand. Ich bin aber berufsmäßig misstrauisch, und als die Dose mit der Post ankam, roch ich Lunte. Der Trick ist nicht neu genug. Aber nun kam mir sofort der Gedanke, dass, wenn ich mich so stellte, als sei sein Anschlag gelungen, ich ihn fangen könne und er ein Geständnis von sich gebe. Es hat wunderbar geklappt, Watson. Aber bitte, gib mir noch einmal die Biskuits her! Ich habe ja drei Tage Essen gut!«